大迷宮

横溝正史

角川文庫
23290

目次

大迷宮　五
解説　山村正夫　三七

黒メガネの少年

世の中には、妙なまわりあわせがあるものだ。それこそ芝居《しばい》や小説にだって、めったにないような、人に話せば、うそだといわれそうなほど、ふしぎなめぐり合わせがあるものだ。そして、そういう妙な、ふしぎなめぐり合わせがたびかさなるうちに、いつか、とんでもない事件に捲《ま》きこまれていることが、ままあるものである。

これからお話しようとするこの物語の主人公、立花滋《たちばなしげる》の場合がそうだった。

滋があんなにサーカスのファンでなかったら――いやいや、滋がいかにサーカスのファンであったとしても、去年の夏、軽井沢へ避暑《ひしょ》にいかなかったら――いやいや、滋がいかにサーカスのファンであり、そしてまた、去年の夏、軽井沢へ避暑にいったとしても、あの日、いとこの謙三《けんぞう》と、自転車の遠乗りに出かけて、大夕立ちにあわなかったら、これからお話するような、あんなにも奇怪な、そしてまた、あんなにもおそろしい事件に捲きこまれるようなことはたぶんなかっただろう。

しかし、こんなふうに書いていくと、これを読まれる読者は、きっと、いったいなんのことだと面くらわれるにちがいない。

よろしい。それではここに、わかりやすいように、滋が去年の夏、軽井沢へ避暑にいったというところから、物語をすすめていくことにしよう。

滋はことし十四歳、したがって去年の夏は十三歳で、中学の一年生だったが、滋のつもりでは、その夏はどこへもいかないで、家で勉強しようと思っていた。

ところが夏休みもおわりにちかい、八月も二十日すぎになってから、軽井沢へ避暑にいっているいとこの謙三から、そんなに勉強ばかりしているとからだをこわすから、たとえ一週間でもいいから、こちらへ来てのんびり遊んで暮らすようにと、しんせつなさそいの手紙が来た。

ちょうどそのころ、滋は、あらかじめきめておいただけの勉強はすましていたし、それに謙三のいうことも、もっともだと思ったので、おとうさんやおかあさんのゆるしをえて、一週間の予定で軽井沢へ遊びにいくことにした。

それが八月二十三日のことなのだが、あとから思えば滋は、この汽車の中からして、この事件に捲きこまれるふしぎなめぐり合わせに出あっているのだった。

もう夏もおわりにちかいせいだったからか、軽井沢へいく汽車は思ったよりもすいていた。滋はゆうゆうと、ふたりぶんの席を占領して、本を読んだり、また本を読みあきると、窓のそとの景色をながめたりしていた。

この汽車は夕がたごろ軽井沢へつくはずで、いとこの謙三が、駅まで迎えにきてくれることになっているのである。

さて、滋のまえの席には、親子かと思われるような年ごろのふたりづれが乗っていた。

ひとりは五十か、あるいはもっと年をとっているかと思われるような老人だったが、顔じゅうにショウキさまのようなひげを黒ぐろとはやしているのが、ちょっと人目をひいた。

せいはあまり高くはなさそうだったが、ずんぐりとかたぶとりをしたからだをしている。

そして、度の強そうなメガネをかけ、頭にはおしひしゃげたような、山のひくい、つばの広い帽子をかぶり、この暑いのにちゃんと背広の三つぞろいを着ているのだ。

そして、ネクタイのかわりに、黒い細いひもをむぞうさにむすび、手にはまるで棒みたいな、太いステッキを持っているのだが、顔じゅうをうめるようなひげといい、帽子も洋服もまっ黒なところといい、太い棒みたいなステッキといい、なんとなく、気味の悪い感じだった。

さて、その連れというのは、十七、八の少年なのだが、これがまた、ちょっと妙ないでたちなのである。

灰色がかったじみな背広に、同じ色の鳥うち帽——と、いうところまでは、べつにかわったことはないのだが、子どものくせに黒メガネをかけ、しかも、この暑いのに、顔じゅうかくれてしまいそうなほどの、大きなマスクをかけているのが気になる。

黒メガネにマスク——といえば、だれでもすぐに変装ということを考えるだろう。まったくこれくらいかんたんな変装道具はない。

滋も、すぐそう思った。しかし、あいてはじぶんと、いくらも年のちがわぬ少年なのだから、滋は、すぐその考えをうち消した。そして、きっと目がわるいところへ、かぜでもひいたのだろうと同情した。

だから、滋はそれきりふたりのことは気にもかけず、さっきもいったとおり、本を読んだり、窓の外をながめたりしていたのだが、そのうちに、はっとするようなことがおこったのである。

それは、まもなく、列車が軽井沢へつこうというころだった。

棒のようなステッキを持った男が、思いだしたようにポケットをさぐると、

「そうそう、忘れてたよ。ここにキャンディーがあるんだが食べないかね」

そういって、なにやらアメ玉みたいなものを取り出した。

ところが、ちょうどその時、少年は目にごみでもはいったのだろう。黒メガネをはずしていたのだが、そこへ、キャンディーを出されたものだから思わずマスクをはずした。

それはほんのちょっとの間のできごとだった。

だが、そのちょっとの間に、すっかり少年の顔を見てしまった滋は、思わずあっという叫び声が出そうになるのを、あわててのみこむと、いそいで本のかげへ顔をかくしてしまった。

滋はその少年を知っていたのである。

タンポポ・サーカス

立花滋の家は東中野《ひがしなかの》の奥にあるのだが、その夏のはじめごろ、近所のあき地に大きなテント小屋がたった。

いったい、何ができるのだろうと思っていると、それがサーカスだった。しかも、少年少女タンポポ・サーカスという、かわいい名まえのサーカスだった。

子供は、だれでもサーカスがすきだが、滋も大すきだった。

そのサーカスというのが、少年少女タンポポ・サーカスという名のとおり、団員というのが、ほとんど、十二、三から十七、八歳までの少年少女ばかりなので、いっそう子どもたちに人気があった。

おとなといっては、力持ちの男と、いろいろおもしろい芸をして、見物を笑わせる小男のピエロのふたりだけ。

いやいや、そのほかに、いつも猛獣使いが持つような、長い皮のむちをふりまわしている、こわそうな団長がいたが、そのほかはぜんぶ少年少女なのである。

滋は、このサーカスがたいそう気にいったので、三度ほど見にいったことがあった。ほんとうはもっと見にいきたかったのだが、小遣《こづか》いがたりなかったので、そうは見にいけなかったのである。

滋は、そのサーカスのなにもかもが気にいった。

力持ちの男が、大きな米俵を三つもいっしょに、手玉にとるのにも目をみはったし、ピエロがいろいろ、へんなことをして笑わせるのもおもしろかった。

また、じぶんと同じ年ごろの少女が、二頭の馬にかた足ずつのせて、広いテント小屋のなかを走りまわるのにも感心した。

しかし、なんといっても、滋がいちばん気にいったのは、ブランコ乗りの少年だった。テント小屋の高い天井《てんじょう》に、ぶらさがっている七つのブランコ、そのブランコからブランコへと、トンボがえりをうちながら、飛びうつっていく少年の芸当をみたときには、だれでも手に汗をにぎらずにはいられない。もし、ちょっとでも、見当がくるって、むこうのブランコにつかまりそこなったら……下には、網《あみ》もなにもはってないのだから、それこそ、こっぱみじんと、からだがくだけるにちがいない。

しかし、その少年はけっしてやりそこなうことはなかった。まるで鳥かチョウのように七つのブランコを、つぎからつぎへとわたっていくその身のかるさ、あざやかさ。そして、少年が七つのブランコをわたってしまうと、いつも、手に汗にぎって見物していた人びとは、いっせいに、ほっと安心のため息をつき、それから思いだしたようにわれるような拍手かっさいをおくるのだった。

その少年こそは、タンポポ・サーカスの人気王、タンポポ・サーカスはこの少年によって、見物を集めているといっても、まちがいがないくらいだった。

いま、軽井沢へいく汽車のなかで、思いがけなくも乗りあわせた黒メガネにマスクの少年というのが、なんとそのサーカスの少年だったではないか。

滋は胸がドキドキした。そして、なんともいえぬおそろしさに、全身から冷汗が出てきた。

なぜだろう。サーカスの少年といっしょに乗りあわせたのが、なぜ、そのようにおそろしいのだろう。

それには、わけがあった。

ちょうどその日から数えて、三日まえのことだった。サーカスの人たちが、顔色をかえて、口ぐちになにかわめきながら、町を走りまわっているのを見て、滋はふしぎに思った。

そこで近所のおじさんにわけをきくと、

「なに、サーカスの子どもがひとり逃げたのだよ」

と、おしえてくれた。そして逃げたのは、ブランコ乗りの少年だとつけくわえた。それから、そのあとで、

「あのサーカスの団長というやつは、とてもひどいやつで、気にいらぬことがあると、誰《だれ》かれのようしゃなく、あの長いむちでピシピシなぐるんだそうな。それがおそろしさに、逃げだしたんだろうが、かわいそうにつかまらなければよいが」

と、近所のおじさんは心配そうにため息をついた。

「どうして、おじさん、つかまるとどうかなるの」

と、そこで滋が聞くと、

「どうかなるのどころじゃない。つかまると、それこそ、死ぬか生きるかというほどのひどい仕置《しおき》にあわされるんだよ。つまり、ほかのものに対するみせしめだね」

と、おじさんはまた、心配そうにため息をついた。

滋はそのときついでに、その少年の名が鏡三《きょうぞう》というのであることも、近所のおじさんからおそわった。

ああ、その鏡三少年なのである。いま、滋の目のまえに腰をおろしているのは……。

滋はおそろしさに、からだがふるえるようだった。

ああ、この少年が黒メガネやマスクをかけているのは、けっして目がわるいためでも、かぜをひいているせいでもないのだ。さいしょ滋があやしんだとおり、顔をかくすためなのである。

滋は、そっと汽車のなかを見まわした。ひょっとすると、タンポポ・サーカスの追手のものが、乗っていはしまいかと思ったからだ。しかし、さいわい、それらしい人のすがたは見あたらなかった。

滋は、ほっと胸をなでおろすと、こんどは連れの男は、何者だろうと考えた。鏡三もよくつかまれば、生きるか死ぬかというような、ひどい仕置をうけることは、鏡三は、じぶんだけの考えでにげだ知っているにちがいない。それを知っていながら、鏡三は、じぶんだけの考えでにげだしたのだろうか。

いやいや、まだ十七や八の少年に、それほどの大胆さがあるとは思えない。と、すれば、この棒のようなステッキを持ったショウキひげ男が、そそのかして連れだしたのではあるまいか。

滋は本のかげから、そっとふたりのようすを見たが、そのとき気がついたのは、鏡三自身、ひどく、連れの男をおそれているらしいことであった。

それに気がつくと、滋はまたゾッとした。

もし、じぶんが、鏡三を知っているということを、この男が知ったらどうするだろう……そう考えると、滋はまた、なんともいえぬおそろしさで、背すじがつめたくなるような感じであった。

高原の怪屋

「へへえ、するとそのサーカスの少年と、ショウキひげの男も、この軽井沢におりたというんだね」

「そうなんです。それでね。ぼくきょうまで、町をあるくたびに、あの人たちに出あいはしないかと気をつけていたんですが、とうとういちども出あいませんでした」

それは滋《しげる》が軽井沢へきてから六日めのことだった。滋はそのつぎの日、東京へかえる予定だったので、おわかれに自転車の遠乗りをしようということになって、謙三《けんぞう》とふたりで軽井沢から三十キロほどはなれた山のなかへでかけた。

滋はこのサイクリングの途中で、はじめて謙三に、サーカスの少年のことをうちあけたのである。

「ぼく、このこと黙っていようかと思ったのです。しかし、どうしても気になるものだから……ぼくにはあのふたりが、軽井沢の近所にいるように思えてしかたがないのです。しかし、ぼくはあす、東京へかえらねばならんでしょう。それで、にいさんにお願いして、そういうふたり連れを見つけたら、気をつけてもらいたいと思うんです」

「ふふん」

謙三も目をまるくして、

「しかし、滋君。その少年が、サーカスからにげだした鏡三という少年にちがいないということは、だいじょうぶかい。もしや人ちがいでは……」

「いいえ、絶対に人ちがいではありません。それにだいいち、子どものくせに黒メガネをかけたり、マスクをしているのがおかしいじゃありませんか。あれはタンポポ・サーカスの、追手の目をくらますためですよ」

「そういえばそうだね。ところが、その鏡三少年は、ひどく、連れの男をおそれているようすだったというんだね」

「そうなんです。だから、ぼく心配なんです。ぼくにはあの男が、むりやりに鏡三君を連れだしたとしか思えません。そして、それにはなにか、深い秘密があるような気がしてならないのです」

「深い秘密だって？」

謙三は両手をうつと、

「滋君、きみはまるで、探偵小説《たんていしょうせつ》か冒険小説のようなことをいうね。アッハッハ、おもしろい。よし、ひきうけた。おれがきっと、そのふたりをさがしだしてやる。ただし、そのふたりが軽井沢にいるならばだぜ」

謙三というのは秀才の大学生で、しかも柔道三段という豪のもの。いったい人間というものは、だれでも、秘密だの、冒険だのということに、心をひかれるものだが、謙三もその例にもれず、滋の話にひどく興味をおぼえたらしく、山のなかの草っ原に自転車をとめてねころぶと、この事件について、それからそれへと空想のつばさをのばすのだった。

謙三と滋が、あの大夕立ちのまえぶれに、ぜんぜん気がつかなかったというのも、つまりそのとき、あまり話にむちゅうになっていたからなのである。

そして、ふたりがはじめて気がついたときには、空はもう、まっ黒な雲でおおわれているのであった。

「あっ、いけない。滋君、夕立ちだ」

そうさけぶと、はや、謙三は自転車にとびのっていた。滋もそれにつづいたことはいうまでもない。

だが、ふたりがものの一キロといかぬうちに、ザーッとしのつくような雨が落ちてきた。と、同時に、ものすごいいなずまと雷鳴――。

「しまった。滋君、超《ちょう》スピードだ」

ふたりは背なかを丸くして、山道を走っていく。そのうえから、ぼんをひっくりかえしたようにふりそそぐ雨、あたりはしだいに暗くなって、いなずまと雷《かみなり》の音がものすごい。

ふたりはむちゅうになって山道を走っていたが、運の悪いときにはしかたがないもので、ものの四キロと来ないうちに、とつぜん、滋があっとさけんで自転車からとびおりた。

「滋君、ど、どうしたんだ」

謙三も、少し行ってから、自転車をとめてふりかえった。

「にいさん、すみません。自転車の空気が抜けてしまったんです」

「空気が抜けたア?」

さすがに、謙三も顔色をかえた。

夕立ちはいよいよはげしくなるばかり、しかも、そこから軽井沢までは、まだたっぷり二十五キロはあるのだ。とても、自転車をひいては歩けない。

「しかたがない。そのうちに農家でもあったら、空気入れのポンプを持っていないかどうか、聞いてみよう」

「にいさん、すみません」

ふたりは自転車をおして歩きだした。

しかし、もともと人家のない山をよって、サイクリングに来たのだから、おいそれと家など見つかろうはずがない。

ふたりはびしょぬれになってしまった。雨がズックリ肌《はだ》へしみとおって、かぜをひきそうだった。

ふたりは寒さにガチガチ歯を鳴らしながら、それでも一生けんめい、四キロぐらい歩いたが、そのころにはもう、とっぷりと日が暮れて、あたりはまっ暗になっていた。

ああ、もうこうなっては、たとえタイヤに空気がはいっても暗い夜道のこの雨のなか、とても山道は走れない。

しかも夕立ちはなかなかやむけしきもなく、雷鳴こそはやや遠ざかったものの、いなずまはまださかんにふたりの前後を照らしている。

滋はさすがに子どもで、心ぼそさが胸にあふれて、いまにも泣きだしそうになったが、そのときだった。さっと光る、いなずまと同時に、

「あっ、あそこに家が見える！」

謙三のさけび声――。

しかし、そのときにはもういなずまは消えて、あたりはうるしのようなやみだった。

「家が見えるんですって？」

「うん、いまにまた光るから見ていたまえ。右手のほうに見えるから」

謙三のことばのとおり、それからまもなく、またもや、さっと青白い、いなずまの光が地上をはっていったが、滋はその光のなかではっきり見たのである。

右手の小高い丘のうえに、洋館が一けんたっているのを……。

滋はそれを見たとき、虫が知らせるとでもいうのだろうか、なんともいえぬ気味悪さに、ゾクリとからだをふるわせたのだった。

無気味なおじ

「にいさん、なんだか気味の悪い家ですね」

「どうして？」

「だって……」

「ハッハッハ、滋君、それは神経だよ。いなずまの光でみるから、気味がわるいように思うのさ。なに、べつにかわったことがあるものか。いや、たとえ多少気味がわるいとしても、あそこへたのむよりほかにしかたがない。このままじゃ、ふたりともかぜをひいてしまう」

おりおり光る、いなずまをたよりに、ふたりは丘の道をのぼっていった。かみなりの音は、もうよほど遠くなっていたが、雨はまだ降りしきっている。ひょっとすると、夕立ちから、そのまま、地雨《じあめ》になったのかもしれない。高原では、ふつうの雨でも平地より、ずっと、いきおいがはげしいのだ。

ふたりはまもなく洋館の前までたどりついたが、なるほどそばへよってみると、滋のいうとおり、気味のわるい建物だと、謙三も眉《まゆ》をひそめた。

それは古めかしい煉瓦《れんが》建《だ》ての洋館だったが、壁いちめんにはったつたの葉が、ザワザワと風にざわめいているのが、なんともいえず無気味である。しかし、いまはそんなことを気にしているばあいではない。さいわい門がひらいているので、ふたりは中へはいっていくと、玄関のベルをおした。

ジリジリジリ……広い建物のずっと奥でベルの音がするのが、あたりのしずけさを思わせて、なんともいえぬ気味わるさである。

やがてベルの音におうじて、奥のほうから、かるい足音がきこえてきたかと思うと、なかからドアがひらいた。

そして顔を出したのは、あきらかに召使いと思われる六十ぐらいの老人だったが、感心なことには、ちゃんと洋服を着ている。

「なにかご用かな？」

と、いう老人の問に対して、謙三が、てみじかにわけを話して、空気入れのポンプはないかとたずねると、

「ああ、空気入れならここにある。お入り」

なるほど、玄関へはいってみると、自転車が二台に空気入れがひとつおいてある。いったい軽井沢というところは、自転車のとてももてはやされるところだから、空気入れもたいていの家にあるのだ。

謙三は、そのポンプをかりて、タイヤに空気を入れにかかったが、まえにもいったとおり、自転車がなおったところで、この雨の夜、とても軽井沢まではかえれない。とはいえ、このとっつきのわるい老人に、これ以上のことをたのむのもどうかと、謙三もこまっていたが、そのときだった。おくのほうから老人をよぶ、わかい男の声がきこえた。

「ああ、若さまのお呼びです。ちょっと待ってください」

老人は、あたふたと奥へはいっていったが、しばらくすると、かえってきて、

「若さまにおふたりのことをお話ししたら、たとえ自転車がなおってもこの雨ではかえれまい。よかったら、とまっていかれたら……と、こうおっしゃるのですが……」

謙三と滋は思わず顔を見あわせた。渡りに船とはこのことである。そこでふたりが礼をのべると、どうぞこちらへと通されたのは、りっぱな広間で、老人が気をきかしたのか、ストーブにあかあかと火が燃えている。

「それにあたっていてください。いま、着がえを持ってきますから」

そういって、老人が出ていくのと、ほとんどいれちがいに、ドアの外から、

「剣太郎《けんたろう》のお客さんというのはこちらかい」

と、太い、さびのある声がきこえたかと思うと、ひとりの男がせかせかとはいってきたが、ひと目そのすがたを見たとたん、滋は思わずあっと、じぶんの口をおさえた。

おお、なんと、その男こそ汽車で出あった、棒のようなステッキを持ったショウキひげの男ではないか。

むろん、今夜は家のなかだから、ステッキは持っていない。

しかし、帽子をぬいだその頭が、まるでパーマネントでもかけたようにちぢれて、さかだっているのが、ライオンみたいにおそろしい感じなのだ。

しかも、汽車の中では気がつかなかったが、おそろしいガニまたである。

ちぢれっ毛の男は、うたぐりぶかい目つきで、じろじろふたりを見ていたが、すぐ、あやしいものではないと安心したのか、ツカツカとそばへよってくると、早口で、妙なことをいい出した。

「ああ、剣太郎のお客さまというのはきみたちだね。ええ、そう、剣太郎というのがこの家の主人で、わしは、そのおじになるのだが、きみたちにあらかじめ注意しておきたいことがある。剣太郎はちかごろ、神経衰弱の気味でな、少し気がへんになっとるんじゃ。だから、みょうなことをいうかもしれんが、気にかけぬようにしてくれたまえ」

「妙なことといいますと？」

謙三がたずねると、

「つまりじゃな。じぶんと同じ人間が、もうひとりこの家のなかにいるというんじゃな。

いやいや、もうひとりのじぶんが、この家のどこかにかくれてるといってきかんのじゃ。そんなばかげたことがあるはずがないといっても、そこが病人でな、どうしても、じぶんがもうひとり、この家のなかに……」

だが、そのとき、ろうかのほうで足音がしたので、ちぢれっ毛の男は、ハタとばかりに口をつぐんだ。

そして、とってつけたような笑顔をつくると、

「――剣太郎やお客さまはこちらじゃよ」

と、みずから立って、ドアをひらいたが、そのとたん、滋はふたたびあっといきをのんだのである。

ああ、ドアの外に立っている少年、それこそまぎれもなくタンポポ・サーカスの人気王、鏡三少年ではないか。

だが、しかし……。

これはなんということだろう。ちぢれっ毛の男のことばによると、その少年の名は、剣太郎というらしいのだ。

それにしても、その剣太郎のいう、もうひとりのじぶんというのは、なんのことだろう。

滋はなんともいえぬ無気味さに、胸をドキドキさせたが、しかし、あとから思えばこの無気味さは、まだまだほんの序の口だった。

そのま夜中、滋がはからずもみた、人食い寝台の気味のわるさ、おそろしさ……。ああ、じつに、この家こそは、化物屋敷だったのである。

足の悪い家庭教師

剣太郎は、部屋のなかへ入ってくると、いかにもなつかしそうに、

「夕立ちにあっておこまりだったでしょう。おや、たいへんだ、ずぶぬれになりましたね。じいや、じいや、早く着がえをもってきて……ああ、津川《つがわ》先生がいらっしゃった」

剣太郎のことばに、ドアのほうをふりかえって滋は、そこでまた、思わずからだをふるわせた。

それもむりはない。ドアの外に立っているのは若いのに腰のまがった男なのである。二十七、八の色の白い、ちょっとみれば詩人か音楽家という感じの青年だが、気の毒なことにはからだが不自由なのだ。おまけに足も悪いとみえて、家のなかでステッキをついている。

その青年はろうかに立って、しばらく滋と謙三を見ていたが、やがて安心したように、

「剣太郎君、じいやさんにたのまれて、お客さまの着がえをもってきましたよ」

そういいながら、部屋のなかへ入ってくるところをみると、はたして足が悪いらしく、左のほうをひきずるようにしている。

「先生、ありがとう。それでは、あなたがた、さっそく着かえなさい。着がえがすんだら食事にしましょう。ぼくたちも、ちょうどこれから、食べようと思っていたところです」

足の悪い青年のもってきてくれたのは、パジャマに、そのうえへ着る部屋着のガウンだった。滋と謙三が、礼をいって、手ばやくそれに着かえてしまうと、剣太郎がニコニコしながら、

「それで少しはさっぱりしたでしょう。さア、それでは食堂へまいりますが、そのまえに、おたがいに名のりあおうではありませんか」

そういって少年は、自分は鬼丸《おにまる》剣太郎といって、この家の主人であるといった。

「それから、そこにいるのがぼくのおじさんで、鬼丸博士です。有名な科学者ですから、名まえはごぞんじかもしれませんね。それから、こっちにいらっしゃるのは、ぼくの家庭教師の津川先生です。からだが不自由ですけれど、たいへん、しんせつな方です」

それは十六、七の子どもとは思えないほど、てきぱきとした口のききかただった。謙三もあわてて、そのあとから名のった。

「いや、これは失礼いたしました。ぼくは立花《たちばな》謙三といって、軽井沢へ避暑にきているものです。こちらは、いとこで同姓滋」

「ああ、そうですか。それでは立花さん、食堂へまいりましょう」

食堂には、りっぱなごちそうが用意してあった。

しかし、滋はそのごちそうも、ろくろくのどをとおらなかった。見れば見るほど剣太郎が、サーカスの少年に生き写しだったからなのだ。

やわらかそうな髪の毛を、左でわけて、ふっさりと、ひたいにたらしているところから、細くて、しなやかで、それでいて、いかにもすばしっこそうなからだつきまで、鏡三少年にそっくりなのである。

滋はなんだかこわくて、気味がわるくて、まともに顔をあげられなかったが、剣太郎のほうでは、少しもそんなことには気がつかない。

「立花さん、今夜はほんとによく寄ってくださいましたね。ぼく、このあいだから、さびしくてさびしくて、しようがなかったんです。お友だちがほしくてしようがなかったんです。おじさんは、むやみに友だちをつくっちゃいけないといいますけれど、ぼく、まだ子どもでしょう。やっぱりお友だちがほしいんです」

「剣太郎や」

そのとき横から、たしなめるように声をかけたのは鬼丸博士だった。

「おまえにはりっぱなお友だちがあるじゃないか。津川先生という……」

それをきくと剣太郎は、さっと、ほおをあからめた。

そしてしばらくうつむいたまま、ナイフとフォークをいじくっていたが、やがて顔をあげると、

「ええ、それはそうです。津川先生はりっぱな方です。なんでもおできになります。立花さん、津川先生はああいうおからだですけれど、とてもお強いんですよ。それに弓だってピストルだって、百発百中の名人なんです。でも……お友だちとしては年がちがいすぎるんですもの。ぼくはやっぱり……」

と、やさしい目で滋を見ながら、

「この人くらいのお友だちがほしいんです」

その声がいかにもさみしそうだったので、滋はなんとなく気のどくになった。それとともに、いままで気味わるく思っていたこの少年が、それほどでもなくなってきた。

少年は、さみしそうに笑いながら、

「ぼくはきっと、さびしがりやなんですね。ときどき、さびしくて、さびしくて、気がちがいそうになることがあります。おじさんや津川先生は、それを、病気だといいます。それはそうかもしれません。でも、あのことだけはそうじゃないのです。けっして病気のために見た夢でもまぼろしでもないのです。ぼくはほんとうに見たんです。この目で見たんです。この家のなかにもうひとり、ぼくと同じ人間がいるのを……」

鬼丸博士は、だしぬけにせきをすると、滋や謙三にむかって、パチパチと目くばせをした。

——そうら、いわんこっちゃないでしょう。頭がへんになってるんだから相手にならないように、という意味なのだろう。

もう一人のぼく

謙三は、うなずいて、気の毒そうな顔をしていたが、なに思ったのか滋はテーブルの上からのりだして、

「それはどういうわけですか。じぶんと同じ人間がいるなんて、気味のわるい話ですね」

そうたずねると、剣太郎はいかにもうれしそうに、

「ああ、きみ、よくたずねてくれましたね。ぼくがこの話をすると、ほかの人はみんな、いやな顔をするんですよ。おじさんだって、津川先生だって、じいやだって。……きみだけです。そう熱心にたずねてくれるのは。

……でも、これはうそじゃないのです。この家のなかに、もうひとり、ぼくと同じ人間がいるんです。もうひとりのぼくがいるんです」

「いつ、その人を見たんですか」

「いつ……？　そうですね」

剣太郎は指おりかぞえていたが、

「そうそう、あれは二十三日の晩でした。夜中にふと目をさますと、だれかが上から、ぼくの顔をのぞいているのです。それがぼくでした。ぼくはその晩、窓のカーテンをしめわすれてねていたので、月の光ではっきり顔が見えたのです」

滋は思わずはっと息をのみこんだ。

二十三日といえば、滋が軽井沢へきた日ではないか。しかも、その汽車のなかで滋は剣太郎に似た少年が、鬼丸博士といっしょに乗っているのを見たのである。そのことと剣太郎の話とのあいだに、なにか関係があるのではないだろうか。

「それは気味のわるい話ですね。そして、そののちも、その人を見たことがあるのですか」

「ありますとも、二度も三度も……一度は、ぼくがふろへはいっていると、窓の外からのぞきました。そのつぎは、居間で本をよんでいると、ドアの外を通ったのです。三度めは、動物室で、ぼくがカピの剥製《はくせい》を見ていると……」

滋は、びっくりして相手の顔を見なおした。

「動物室ってなんですか。カピの剥製ってなんのことですか」

そうたずねると、剣太郎は顔をあかくして、

「そうそう、きみはなにも知らないのでしたね。動物室というのは動物の標本をならべてあるところです。あとで見せてあげましょう。それはすばらしいんですよ。カピというのは、ぼくがかわいがっていた犬ですが、今月の十五日に、きゅうに血をはいて死んだのです。それで、おじさんにお願いして、東京へもっていって、剥製にしてもらったんです。かわいそうなカピ！」

滋は謙三と顔を見あわせた。なんだかへんな話である。やっぱりこのひとは病気なの

ではないだろうか……。

　剣太郎もそういう顔色に気がついたのか、

「ああ、きみも、うたがっているんですね。きっとぼくを気ちがいだと思ってるんでしょう」

「いえ、そ、そんなことはありません。でも、だれかいると思ったら、どうしてさがしてみないのですか。さがしてみたら、いるかいないか、はっきりわかるでしょう」

「もちろん、さがしてみましたよ。おじさんや津川先生、じいやにも手つだってもらって……でも、どうしても見つからないんです」

「それじゃ、やっぱり……」

「病気のせいだというんですか。いいえ、そうじゃないんです。そうじゃないんです」

　剣太郎は、やっきとなって、

「ぼくは知っているんです。ぼくと同じ人間、いや、もうひとりのぼくがこの世にいるということを……子どものじぶんから知ってるんです。子どものじぶん、ぼくはいつもそいつと遊んでいたんです。そいつはぼくとそっくりでした。どっちがどっちかわからないくらいでした。そいつの顔を見ていると、そいつがぼくだか、ぼくがそいつだかわからなくなるくらいでした。ぼくたちはとても、なかがよかったんです。

　でも、ときどき、けんかもしました。それというのが、そいつがときどきズルをするからでした。ビー玉をかしてやったのに、そのつぎにあったとき、そんなもの、かりたおぼえはないといいはるので、それでけんかになるんです。

でもそのつぎにあったとき、すなおにビー玉をかえしてくれるので、また、なかなおりをするんです。ぼくたち、ほんとになかがよかったんです」

そういう話をするとき、剣太郎のほおは、ほんのり染まり夢みるようにうっとりとした目は、いかにも幸福そうだった。

滋はまた謙三と顔を見あわせた。

鬼丸博士と足の悪い津川先生は、やっぱりそうでしょう、へんでしょうというような顔をして、ふたりの顔を見ている。

「それで、そのひとはどうしたんですか。子どものときいっしょに遊んだというひとは……」

謙三がたずねると、剣太郎はかなしそうに目をふせて、

「知りません。ぼくの記憶はそこでプッツリ切れているんです。ひょっとすると、そいつはぼくの兄弟じゃなかったかしら、と思っておじさんにたずねるのですが、おじさんはそうじゃない。ぼくに兄弟なんかひとりもないというんです。その後、ぼくはそいつに一度もあったことがありません。でも、思いだすと、なつかしくてたまらないんです。だから、この家にいるのなら、かくれていないで、出てきていいのに……」

剣太郎はそういって、また、ほっと、ふかいため息をついた。

大サーカス王

その夜、滋はねむれなかった。

ふたりにあてがわれた二階の部屋は、しずかで、おちついて、ベッドのねごこちも悪くなかったのだが、それでも滋はねむることができなかった。

考えれば考えるほど、気味のわるいことばかり。

食事がすむと剣太郎は、やくそくどおり滋と謙三を、動物室へ案内したが、ああ、その時の滋のおどろき！

それは四、五十じょうも敷けそうな、広い、天井の高い長方形の大広間だったが、壁にそって、ぎっちりとならんでいるのは、なんと、どれもが剥製《はくせい》にされた動物ではないか。

剝製ということばを読者はよくご存知だろう。動物が死ぬと皮をはいで、それに、つめものをして生きているときの形のままで、保存しておくことなのだ。

そういう剝製の動物が、まるで動物園か博物館のように陳列してあるのである。鳥もいた。けものもいた。けもののなかには猛獣もいた。ライオン、とら、ひょう、わに、くま、おおかみ、ゴリラ、そういう猛獣が、声もなく、音もなく、思い思いのかっこうで、うずくまっているところを想像してみたまえ。

しかもここは山の中の一軒家、夕立ちはやんでも、窓の外には、まだ、おりおりいなびかりがしているのだ。

滋はいうにおよばず、柔道三段の謙三まで、あっとばかりに立ちすくんだのもむりはなかった。

「いったい、これはどうしたのですか。まるで動物園みたいじゃありませんか」

謙三が、やっとおどろきをおさえてたずねると、剣太郎は、かなしそうに答えた。

「これはみんな父の形見だそうです」

「おとうさんの形見ですって？」

「ええ、そうです。ぼくの父はサーカス王といわれたくらいで、世界的大サーカスの持ち主だったということです。オニマル・サーカスといえば、ドイツのハーゲンベックと肩をならべる大サーカスで、団員も二、三百人はおり、鳥も動物なども何百種といて、小さな動物園などかなわなかったということです。

そういう大サーカスですから、日本にいることはほとんどなく、いつもヨーロッパからアメリカを、興行してあるいていたのです。父は動物をこのうえもなく愛していたので、かれらが死ぬと、かたっぱしから剝製にして、だいじにとっておいたのです。ただ、象だけは剝製にするには大きすぎるので、ああして、牙《きば》をとっておいたのです」

なるほど、壁のいっぽうには、みごとな象牙《ぞうげ》がたくさんかけてあった。

こうして話をきいてみると、かくべつふしぎでもないが、それでも滋は、まだなんとなくおびえた気持ちで、剣太郎や謙三のあとについて、気味のわるい動物の剥製を見てまわった。

「ところで、そのおとうさんはどうなすったのですか。お亡くなりになったのですか」

「ええ、ぼくの小さいうちに。……だからぼくは、父のことはちっともおぼえていないのです」

と、剣太郎が悲しそうにいったときだった。滋がふいに、

「あっ」

と小さいさけび声をあげたので、ふたりはびっくりしてふりかえった。

「ど、どうしたんだ、滋君。なにかあったの」

「いま、あのゴリラの目玉が、ギロリと動いたような気がしたんです」

そのゴリラというのは、六尺ゆたかな巨体(約一・八メートル)で、手をあげて仁王《におう》立ち、かっと口をひらいたところは、なんともいえぬものすごさである。

謙三は笑いながら、

「ハハハハ、バカをいっちゃいけない。剥製の目玉が動いてたまるもんか。しかし、なるほどすごいやつですね。まるで生きてるようだ。剥製とわかっていても、なんだかやっぱり、気味がわるいですね」

謙三も気味わるそうに肩をすぼめて、つくづくゴリラを見ている。そのとき滋がシェパードの剥製を見つけた。

「ああ、これがさっきの話の愛犬ですね」

「ええ、そうです、そうです」

剣太郎は、いかにもいとしそうに剥製の犬の頭をなでながら、

「あなたがたもきっと、『家なき児《こ》』という、フランスの有名な小説をごぞんじでしょう。あの小説のなかに出てくる、いちばんかしこい犬の名がカピでしたね。その名をとってつけたんですが、このカピも、それはりこうな犬でした」

「どうして死んだのですか。血をはいたとかいいましたね」

「ええ、そうです。まえの日まで元気でピンピンしていたのに、十五日の朝、きゅうにくるしみだしたかと思うと、半時間もたたぬうちに、血をはいて死んでしまったのです。おじさんは食あたりでもしたんだろうといっていましたが、ほんとにかわいそうなことをしました。ぼくと、とてもなかよしだったのに……」

剣太郎はそういって目に涙をうかべていた。あとから思えばカピの死こそ、この気味のわるい事件のはじまりみたいなものだったが、そのときだれも、それに気がついたものはなかったのも、まことにぜひないことというほかはなかった……。

こんなことを、とつおいつベッドのなかで思いだしていた滋は、ふいに、はっと息をのみこんだ。

階段をあがって、誰《だれ》かがこっちへやってくる。

しかも、ああ、その足音の気味わるさ！　ピタッ、ピタッとはだしで、泥《どろ》のなかを歩

くような足音……。

しかもその足音が、滋たちの部屋のまえで、ぴったりととまったではないか。滋は全身から、滝のように汗がながれるのをおぼえた。

しかし、まもなく足音はドアのまえをはなれると、またピタピタと歩いていく。そして三つほど向うの部屋のまえで、ぴったりとまった様子だが、それに気づくと滋は、また、はっと胸をとどろかせた。なぜといって、そこは剣太郎の寝室なのである。あやしいものはどうやらそこへはいったようすだ。

滋の胸は、いよいよあやしくふるえる。

「にいさん、にいさん」

小声で呼んでみたが、謙三は目のさめるようすもない。とはいえ、あまり大きな声をだすこともできないのだ。

滋は泣きたくなってきたが、そのとき、向うの部屋で、ドアのしまる音がしたかと思うと、やがてまたピタピタという、気味のわるい足音がこちらへ近づいてきた。滋はふたたびベッドへもぐりこんだ。

怪しいもの

足音は部屋のまえまでくると、またピッタリととまって、なかの様子をうかがっていたが、やがて安心したのか、あいかわらずピタピタと、気味のわるい足音をひびかせながら、階段のほうへあるいていく。

その足音がドアのまえをはなれたせつな、滋はベッドからすべりおりていた。そしてドアのうちがわに立って、じっときき耳をたてていたが、足音が階段へさしかかったころ、そっとドアをあけて、外へすべりだした。

ろうかを見まわすと、階段のうえに電気がひとつ、怪しいものの姿はすでに見えない。階段をおりていく足音が、ただピタピタと無気味にきこえてくるばかり……。

滋は風のようにろうかを走って、階段の上までくると、てすりの隙《すき》からそっと下をのぞいたが、そのとたん、全身の毛がさかだつような恐怖をおぼえたのである。

おお、なんと階段をおりていくうしろすがたは、ゴリラではないか。

ゴリラは背なかをまるくして、はうように階段をおりていったが、やがて下までたどりつくと、ふいにこちらをふりかえった。

滋はあわてて首をひっこめたが、さいわいゴリラは気がつかなかったのか、まもなくその足音は、動物室のほうへ消えていった。

滋はぼうぜんとして立っていた。心臓が早鐘をうつようにドキドキして、全身からつめたい汗がびっしょりふき出している。だが、そのうちに、はっとあることに気がついた。もしやあのゴリラが、剣太郎になにか危害をくわえたのではあるまいか……。

そこで滋はいそいで部屋へとってかえすと、謙三をたたきおこして、手みじかにいまの話をかたってきかせた。

謙三も、はじめのうちは、なかなか信用しなかった。たぶん夢でもみたのであろうと、からかったが、あまり滋が熱心なので、それではともかくと、部屋を出て、剣太郎少年の部屋をのぞきにいった。

「剣太郎君、剣太郎君」

小声で呼んでみたが、へんじはない。

「よくねてるんだよ、きっと」

それでも念のためにドアをおしてみると思いがけなく、なんなくひらいた。

部屋のなかはむろん電気が消してあったが、窓にシェードがおろしてないので、ガラス戸の遠くむこうに、浅間の山が火をふいているのがみえる。

そして、その照りかえしで、部屋のようすも、おぼろげながら見えるのだが、剣太郎はむかって左においてある、りっぱな箱型の寝台のなかにねている。寝息がきこえるところをみるとべつに危害をくわえられたようすもない。

「そらごらん、べつにかわった……」

だが、そのとたん滋が、こぶしもくだけよとばかり、謙三の腕をにぎりしめた。

「にいさん、あれ、あれ、ベッドの天井がさがってくる！」

「な、なんだって」

謙三もそのほうを見たが、とたんにあっと息をのみこんだ。

　剣太郎の寝ているベッドは、じつにすばらしいものである。四すみに、唐草もようをほった柱が立っていて、それが箱型の天井をささえている。つまり、その天井は箱のふたのようになっており、ふたのまわりにも、すばらしい唐草もようがほってあるのだ。

　ところがいま見ると、そのふたが音もなく、四すみの柱をつたっておりてくるのである。

　一センチ、二センチ、十センチ……二十センチ……。

　ああ、このままほうっておけば、天井が、ぴったりベッドにふたをしてしまうにきまっている。もしそうなったら、ベッドにねている剣太郎は、虫とりすみれにとらえられた虫のように、箱の中で息がとまって死んでしまうにちがいない。

「あっ、いけない！」

　謙三と滋は、ベッドにとびつき、剣太郎をゆすぶったが、ねむり薬でも飲まされたのか、眠りはなかなかさめそうにない。

　ふたりはあわてて、剣太郎のからだをひきずりだそうとしたが、ああ、もうおそかったのだ。

　ベッドのふちと天井のすきまは、もう十五センチほどしかなく、そのすきまから、人間のからだをひきずり出すなどということは思いもよらない。そこでふたりは必死になって、天井を下からささえたが、とてもそんなことで機械の力にはかてない。厚いかしの天井は、ジリリジリリとさがってくるのだ。

「だめだ、滋君」

謙三は絶望の目であたりを見まわしたが、ふいに顔をかがやかせた。

「ああ、いいものがある！」

と、手にとりあげたのは、三十センチばかりの青銅の像、謙三はそれをとって、ベッドのふちにあてがった。天井はいよいよさがって、がっちりと青銅の像をおさえた。

ギリギリギリ……うめくような歯車の音。

ガリガリガリ……ひしめくような機械のうめき。

……しかし、青銅のかたさに勝つことはできなかった。

バリバリバリ……ついに天井のかし板がさけた。

バリバリバリ、かし板がむざんにさけてとびながら、それでもまだ天井はさがってくる。しかし、もうだいじょうぶだった。

「滋君、もう心配はいらん。これだけ大きな穴があいてしまえば、息のつまることはない」

謙三はそういって、流れる汗をぬぐったが、ああ、しかし、そのときふたりは、あまりベッドに気をとられていたので、背後にせまる危険に気がつかなかったのである。

とつじょ怪しいふたつの影が、うしろからふたりにおどりかかったかと思うと、なにやら、あまずっぱいにおいのするものが、ぴったりふたりの鼻をおさえた。

「あっ、なにをする！」

さけんだがおそかった。滋も謙三も、しばらく手足をもがいていたが、やがてぐったり、床のうえにたおれてしまった。ねむり薬をかがされたのだ。

窓の外には浅間の火が、いよいよものすごくもえさかっている。

夢かまぼろしか

それからどのくらいたっただろうか——。

滋がふと目をさますと、窓のすきまからあかるい日光が、部屋の中へさしこんでいた。窓の外にはふるような小鳥の声。

滋はびっくりしておきなおったが、そのとき、妙なことに気がついた。そばには謙三が、大きないびきをかいてねているのだが、いつのまにやらふたりとも、ちゃんとじぶんの洋服をきて、しかも床の上に、じかにねているのだ。

滋はあわててあたりを見まわしたが、そのとたん、キツネにつままれたような気がした。寝台はいうまでもなく、いすもテーブルも窓かけもなく、床のしきものさえも、煙のように消えているではないか。そして、空家のような部屋の中には、ほこりくさいにおいが、いちめんにただよっているのである。

滋はびっくりして、謙三をたたきおこした。謙三もすぐ目をさましたが、あたりのようすを見ると目をまるくして、

「滋君、ここはどこだい。ぼくたちはいったいどうしたというんだ」

「わかりません。ぼくも、なんだか、キツネにつままれたような気持ちです」

謙三も首をかしげて、

「それにしてもへんじゃないか。ぼくたち夕べ、剣太郎君からねまきをかりて着かえたはずだのに……」

謙三のその一言に、滋のあたまには、さっと昨夜のことがうかんできた。

「ああ、剣太郎君……ゴリラ……そしてあの寝台！」

謙三もそれをきくと、昨夜のことを思いだしたらしく、床をけって立ちあがった。そして、むちゅうでろうかへとびだしたが、そこはたしかに、昨夜ふたりが、寝室としてあてがわれた部屋にちがいない。左がわにはゴリラのおりていった階段が、そして右がわには剣太郎の部屋が見える。

それを見るとふたりはむちゅうで、剣太郎の部屋へとんで行ったが、ドアをひらいて、ひと目なかをのぞいたとたん、ふたりともあっけにとられて、立ちすくんでしまった。

部屋の中はからっぽなのだ。寝台もなければ、いすテーブルもない。あの青銅の像がかざってあった台もなければ、床のしきものもなく、ここもまた、空家のようにがらんとして、ただほこりくさいばかりなのである。

しばらく、ふたりはあっけにとられて、ポカンとしていたが、すぐ、部屋をまちがえたのではないかと思って、となりの部屋からとなりの部屋へと、ドアをひらいてみたが、どの部屋もどの部屋も、しきものもなければ道具もなく、ただもうほこりくさいばかりである。

滋と謙三は、びっくりして顔を見あわせていたが、きゅうになんともいえぬ、気味わるさがこみあげてきた。

そこで部屋をとびだすと、ころげるように階段をかけおりていったが、すると、ふたりのおどろきは、いよいよ大きくなるばかりだった。

階下には、夕べ、ふたりがとおされた、居間もあり、食堂もあり、動物室もあった。してみると、ここは、たしかにゆうべふたりが、一夜の宿をもとめた家にちがいないのだが、ああなんということだろう。どの部屋も空家のようにがらんとして、なにひとつ、道具とてはないのである。

いやいや、道具よりも、あのたくさんの動物の剝製はどうしたのか、なにもかもが煙のように消えてしまって、むろん、人影とてどこにも見あたらない。

滋と謙三は、あっけにとられてポカンとしていたが、きゅうにゾッとするような、気味わるさにおそわれずにはいられなかった。

「わっ!」

どちらからともなくそうさけぶと、ころげるように玄関へとびだしたが、見るとそこにはどろまみれになったふたりの自転車がおいてあった。滋と謙三は、それを一台ずつかかえると、むちゅうで外へとびだした。

ああ、それにしても、あのたくさんの道具や動物の剝製。さてはまた、剣太郎やそのほかのひとびとは、いったいどこへ消えてしまったのであろうか。

船から消えた男

「なるほど、するときみたちがねているあいだに、なにもかも煙のように消えてしまったというのですね」

「そうです、そうです。だからぼくたち、キツネにつままれたような気持ちなんです」

それは滋と謙三が、気味のわるい洋館から、にげだしてきた翌日のことだった。

謙三のかりている、貸別荘のえんがわでは、いましも三人の男が、籐椅子《とういす》によりかかって話をしていた。

そのうちのふたりは、いうまでもなく、滋と謙三だが、あとのひとりは、ちょっとみょうな人物だった。

としは三十五、六だろうか、白がすりのひとえに、よれよれのはかまをはいた、小がらで貧相な顔をした男。髪の毛といったら、スズメの巣のようにモジャモジャなのだ。そのスズメの巣のような頭を、なにかというと、かきまわすくせがあり、おまけに少々どもりである。

謙三の話によると、この人は、金田《きんだ》一耕助《いちこうすけ》といって、こちらで心やすくなった、えらい私立探偵《たんてい》なのだそうだが、見たところ、ちっとも探偵らしくなく、滋はなんだか心ぼそいような気がしたが、謙三は、とてもこの人を信用しているらしく、おとといの晩から、きのうの朝にかけてのできごとを、のこらず語ってきかせた。

ほんとうならば滋は、きのう東京へかえるはずだったが、あの洋館のことが気にかかって、しばらく出発をのばすことにしたのだ。

金田一耕助はこのふしぎな話をきくと、いかにも、うれしそうに、ニコニコしながら、

「それで、きみたちが目をさましたのは、朝の何時ごろでしたか」

「外へとびだしたとき、腕時計を見たら十時ちょっとすぎでした」

「そして、きみたちがねむり薬をかがされたのは？」

「はっきりしたことはわかりませんが、ま夜中の一時ごろではないでしょうか」

「そうすると、きみたちは九時間あまりねていたことになりますが、そのあいだに、大急ぎで道具をまとめ、外へはこびだしたのではありませんか」

「そんなことは絶対できません。いや、できるとしても、それにはおおぜいの人をつかって、大さわぎをしなければならないでしょう。ところが、その家から三百メートルほどはなれたところに、百姓家があるのですが、そこできいてみたところが、そんなさわぎはなかったし、だいいちその家はながいこと空家になっているというんです。

そして、ぼくがゆうべの話をすると、それはきっと、キツネにでもだまされたのだろうと、笑ってとりあわないのです」

「まさか、そんなことはないでしょうが、ひょっとするときみたち、夢でも見たのではありませんか」

「そんなバカなことはありません。滋君もぼくと同じことをおぼえているんです。ふたりが同じ夢を見るなんて、そんなことがあるでしょうか」

謙三がムッとしたようにいうと、金田一耕助もうなずいて、

「いや、そんなつもりでいったのじゃないが……それにしても妙ですね。動物の剝製がたくさんあったといいましたね。この山中に、どうしてそんなものがあるのでしょう」

そこで謙三が、剣太郎からきいた話をかたってきかせた。そのあとから滋も、タンポポ・サーカスからにげだした、鏡三少年のことを話したが、すると、その話をきいているうちに、金田一耕助の目が、にわかに、いきいきとかがやいてきたかと思うと、だしぬけに大きな声でさけんだのだ。

「なんですって！　するとその少年の父は、オニマル・サーカスの団長だというのですか」

「そうです。そうです。金田一さん、あなたはオニマル・サーカスをごぞんじですか」

金田一耕助は、だまってしばらくふたりの顔を見ていたが、やがて夢見るような目つきになって、

「ええ、知っています。話をきいたことがあるんです。ああ、オニマル・サーカス……オニマル・サーカスの団長……」

と、むちゅうになってつぶやいていたが、きゅうに、籐椅子から立ちあがると、

「行ってみましょう。案内してください、その家へ。オニマル・サーカスの話は、道みちきかせてあげますから」

そういったかと思うと、金田一耕助は、はかまのすそをはためかしながら、はや、えんがわからとびおりていた。

「オニマル・サーカスの団長――そうです。ぼくはその名をきいたことがあるんです」

それからまもなく自転車をつらねて、軽井沢を出発した三人だった。

金田一耕助は自転車にのるのにも、和服にはかまというすがただから、かなりへんなかっこうだったが、ご当人はそんなことにはおかまいなしで、自転車を走らせながら、はなしはじめた。

「なにぶんにも古い話で……もう十年も昔のことだから、わたくしもくわしいことはおぼえていないが、オニマル・サーカスの団長のことで、ふしぎなことがあったのです。オニマル・サーカスの団長は、たしか鬼丸太郎といったとおぼえています。そうそう、タロ・オニマルといえば、世界じゅうに知れわたったサーカス王でした」

「その鬼丸太郎がどうかしたのですか」

「そうです。ふしぎな事件でした。いまから十年ほどまえのこと、そのじぶん、アメリカにいた鬼丸太郎は、なにを思ったのかサーカスを人にゆずって、日本へかえってくることになったのです。

たしかそのとき鬼丸太郎は、いったんヨーロッパへわたって、それから日本へかえってきたのでしたが、汽船が大阪湾へはいって、もう少しで神戸《こうべ》の港へはいろうとするころ、とつぜん、鬼丸太郎のすがたが、船のなかから消えてしまったのです」

「消えてしまった？……」

「そうです。消えてしまったのです。船のなかをどんなにさがしても見あたらなかったのです。それでいて、荷物はちゃんと船室にのこっていたのですよ。そこでこういうことになりました。鬼丸太郎は汽船が神戸へつくまぎわに、気がへんになって、海へとびこんだのではあるまいかと。……そこで、そのへんいったいの海面が、くまなくさがされましたが、とうとう、死体は見つからなかったのです。

　そうそう、それで思いだしましたが、そのとき鬼丸太郎の死体をさがしたのは、弟の鬼丸次郎という男でしたよ。そうです、たしか博士だとかききました」

大金塊

「鬼丸博士もそのときいっしょに、アメリカからかえってきたのですか」

「いや、そうじゃありません。鬼丸博士は日本にいたのですが、兄を神戸港へむかえに行ったところが、いまもいったとおり、すがたが見えないので、大さわぎになったのです。

さて、死体はとうとう見あたらず、そこで、いつとはなしにこの話は、世間から忘れられてしまったのですが、それから半年ほどたって、またこの事件がやかましくなってきました」

「なにか、またおこったのですか」

「そうです。たいへんなことがわかったのです。鬼丸太郎のゆくえがわからなくなってから、半年ほどのちに、アメリカからこんなうわさが伝わってきたのです。

鬼丸太郎はサーカスを人にゆずってきたのですが、そのねだんは、そのころの金で百万円だったそうです。ところが鬼丸太郎は、その金を、ぜんぶ黄金にかえ、しかも、それをいくつかの金の塊《かたまり》にして、こっそり日本へ持ってかえったらしいというのです」

「百万円の金の塊！」

謙三と滋は思わず息をのみこんだ。

「そうです。そのじぶんの百万円ですよ。いまその金塊があったら、何千万円、いや、何億というねうちでしょうね。そういう金塊をもってかえったらしいのですが、それがどうしても、ゆくえがわからないのです」

「鬼丸博士も知らないのですか」

「知りませんでした。博士もいろいろしらべられたらしいのですが、ぜんぜん知らぬ、いまきくのが初耳だというのです。初耳だったかどうかはべつとして、博士はじっさい、金塊のゆくえは知らなかったらしい。知っていれば、取りだして使うでしょうが、そんなようすはすこしもなかったのですね。それでけっきょく、鬼丸太郎がそのような大金塊を持ちかえったというのは、うそかほんとかそれもわからなくなってしまったのです。そのうちに、そら、戦争でしょう。それでその話は、こんにちまで忘れられてしまっていたわけです」

ああ、何億円という大金塊！

聞くさえ胸のおどる話ではないか。

ひょっとすると、そのことと、こんどのふしぎな事件のあいだに、なにか関係があるのではないだろうか。

それにしても、神戸港外で船から消えた鬼丸太郎は、はたして死んでしまったのだろうか。いやいや、ひょっとすると、どこかに生きていて、大金塊のおもりをしているのではあるまいか。

滋はいまさらのように、じぶんが足をつっこんだ、この事件のなみなみならぬ奇怪さに、血わき肉おどるのをおぼえずにはいられなかった。

それはさておき、三人が丘の上にある、あの洋館へたどりついたのは、それからまもなくのことだった。

「金田一さん、これです。この洋館です」

金田一耕助はだまって外から、この洋館をながめていたが、

「なるほど、これはどう見ても空家ですね」

そういいながら、玄関のドアに手をかけたが、なんとそのドアには、錠《じょう》がおりているではないか。

三人はそれに気がつくと、思わずギョッとして顔を見あわせた。

「きみたちが出ていってから、誰か、錠をおろしたやつがあるんですね」

滋と謙三は、息をのんでうなずいた。なんだか、いよいよ、気味がわるくなってくるのだ。

金田一耕助は、しばらくドアをおしていたが、

「とてもここからははいれません。ひとつ、裏へまわってみましょう」

三人はぐるりと洋館のまわりを一周した。金田一耕助は注意ぶかく、地面をしらべていたが、

「きみたちがここへとまったのは、あの、大夕立ちの晩でしたね」

「ええ、そうです。しかし、ねるころには雨はやんでいましたよ」

「ええ、私もよくおぼえています。十時ごろには雨はやみました。だから、ま夜中ごろに、だれかがこの家へちかよったとしたら、土がしめっているから、足あとがのこらぬはずはありませんね」

「ええ、それはそうです」

滋は、なんのために金田一耕助が、そんなことをいうのかと、ふしぎに思いながら、あたりを見まわしたが、足あとらしいものはどこにも見あたらない。

「金田一さん、それはどういう意味ですか」

謙三も、ふしぎそうにたずねた。

「いや、なんでもありません。あっ、あの窓からなかへはいれるかもしれない」

そこは洋館のうらがわだった。そこの窓だけ、よろい戸がこわれて、ガラス戸がむきだしになっている。

金田一耕助はナイフをつかって、ガラス戸のかけがねをはずすと、

「さア、なかへはいってみましょう」

三人はすぐ窓からなかへはいった。そこは、食堂のとなりの台所だったが、なにひとつなくがらんとしているところは、きのうの朝のとおりである。

「なるほど、これは空家ですね。ああ、このにおい……。これは長いあいだ空家になっていたしょうこですよ。ところで、剣太郎少年のねていた部屋というのはどこですか」

三人はすぐに階段をのぼって、剣太郎のへやのまえまできたが、そのときだった。とつぜん滋が大きなさけび声をあげたのは……。

「ど、どうしたんだ、滋君！」

だが、滋はそれにはこたえず、まるで石になったように、ろうかの左手にある窓から、外をのぞいていたが、とつぜん、はじかれたように、右手にある剣太郎の部屋へとびこんだ。そして、正面の窓をひらいて外をながめていたが、きゅうに気がくるったようにさけんだのである。

「にいさん、にいさん、これはどうしたのでしょう。おとといの晩、ぼくらがここへきたときには、この部屋の窓から、浅間の山が火をふいているのが見えましたね。それがどうでしょう。いまは浅間山の煙が、ろうかの窓から見えるではありませんか」

ああ、滋のいうとおりだった。

おとといの晩、部屋の正面の窓から見えていた浅間山が、きょうは、はんたいに、ろうかの窓から見えるではないか。謙三もそれに気がつくと、いっとき気がくるったような目つきをした。

ああ、浅間山があれからのちに、ひっこしをしたのだろうか。それとも洋館が、くるりと、むきをかえたのであろうか。

ああ、世のなかに、こんなとほうもない、バカげたことがあるだろうか。

おそろしい顔

あっけにとられて、目をパチクリさせているふたりの顔を、金田一耕助はだまってしばらく見つめていたが、なに思ったのか、きゅうにガリガリ、バリバリ、むちゃくちゃに頭をかきまわすと、

「やっぱり、そ、そうだったのか。わ、わたしの思っていたとおりだったのか」

と、こうふんのためにどもりながら、

「立花君、滋君、この家には、きっとぬけ穴があるにちがいない。さがしてみましょう。ぬけ穴の入口をさがしてみましょう」

ふたりはびっくりして、金田一耕助の顔を見なおした。

「金田一さん、ど、どうしてそんなことがわかるんです。この家にぬけ穴があるなんて……」

「それはね、この家のまわりに、どこにも足あとがついてなかったからです」

ふたりは、いよいよふしぎそうに、

「だって、足あとがないということと、ぬけ穴とどういう関係があるのですか」

「まあ、聞きたまえ、立花君、滋君」

金田一耕助は、ふたりの顔を見くらべながら、

「浅間山がひっこしするなんて、そんなバカな話はありませんね。それかといって、この大きな建物が、くるりと向きをかえるなんて、これまたバカげた話ですね。だから、おとといの晩、君たちが一夜の宿をもとめた家と、きのうの朝、きみたちが目をさました家とはちがっていたのです。そう考えるよりほかに、ひと晩のうちに、たくさんの道具や剝製《はくせい》が消えてしまったという説明はつかないのです」

「だって、金田一さん、おとといの晩の家と、この家とはそっくり同じですよ。家のなかも、家の外から見たところも……」

謙三は息をはずませていう。金田一耕助は、にっこり笑って、

「だから、これとそっくり同じ家が、もう一軒どこかにあるにちがいありません。人間に双子があるように、家にも双子があるのでしょう。そしてきみたちは、ねむり薬をかがされてねているあいだに、向こうの家からこっちの家へはこばれたのです。

しかし、外からはこばれたとすると、どろの上に足あとがついていなければならぬはずだのにそれがないところをみると、きっとぬけ穴をとおってきたのにちがいない。さア、そのぬけ穴の入口をさがしてみましょう」

ああ、金田一耕助のいうことは、いちいちもっともだ。いやいや、それよりほかに、浅間山のふしぎや、ひと晩のうちに、たくさんの道具や、剝製が消えてしまった説明はつきそうにない。

滋は、いままで心のなかでけいべつしていた、金田一耕助という人を、あらためて見なおさずにはいられなかった。

ああ、この人はほんとにえらい探偵なのだ。じぶんたちが、ひと晩かかって考えてもとけなかった謎《なぞ》を、この人は、またたく間に、といてしまったではないか。滋のそういう尊敬の念は、それからまもなく、ぬけ穴の入口を発見することによって、いよいよたかまってきたのである。

それからまもなく三人は、家のなかをすみからすみまでさがしたが、やがて大広間のかたすみまできたときだった。

「あっ、こんなところに、ぼくの万年筆がおちている」

そうさけんだのは滋だった。しかも、滋はこの大広間のこんな場所へ、ちかよったことはいちどもないのだ。

金田一耕助はそれをきくと、ふたりをうしろへおしのけて、床の上を注意ぶかくしらべていたが、

「ああ、見たまえ、ここに、なにかひきずったあとがついている」

なるほど、ほこりの上にうっすらと、ひとすじのあとがついているのだが、それはかたわらの壁の下へ、すいこまれるように消えているのだ。その壁というのは、日本ざしきの床の間のように、ほかの壁より、少しおくへくぼんでいる。

金田一耕助は、その壁のまわりをなでていたが、なにを見つけたのか、とつぜん、あっとさけんだ。

「ここに、かくしボタンがついています。これがきっと、ぬけ穴のドアをひらくしかけにちがいない」

金田一耕助は、そのボタンを、いろいろいじっていたが、どういうしかけになっているのか、なかなか思うように開かない。

金田一耕助はしだいにいらだってきたが、そのときだった。とつぜん、滋と謙三が、左右から金田一耕助の手をおさえた。

「しっ、だまって！　壁のおくから、足音がちかづいてきます」

金田一耕助はギョッとしたように、壁のかくしボタンから手をはなすと、じっと耳を

すましたが、ああ、ちがいない。たしかに壁のおくの床の下から、ひそやかな足音が近づいてくるではないか。

三人は、さっと左右にわかれると、ピタリと壁に背をつけた。

床の間のように、くぼんだ壁のすぐ向こうがわは、階段になっているらしく、しだいにそれをのぼってくる足音が、手にとるようにきこえる。三人は息をころして、その足音が、階段をのぼりきるのを待っていた。

息づまるような数秒間――。

足音はとうとう階段をのぼりきると、壁の向こうで、なにやらガサガサひっかきまわしていたが、するととつぜん、くぼみの壁がスルスルと右のほうへすいこまれて、そこに二メートル四方ほどの穴があいたのだ。そして、そこからひょいと外をのぞいた顔……。

ああ、その顔を見たとたん、滋は、おそろしい悲鳴がのどをついて出るのを、どうしてもおさえることができなかった。

そいつはやせて、背の高い男だった。そして身にはまっ黒な背広をき、頭にはまっ黒な中折れ帽をかぶっていた。

しかも、その中折れ帽のまわりには、これまた、まっ黒な布をたらしているのだったが、誰《だれ》も見ているものはないと安心したのか、そいつは、骸骨《がいこつ》のような手で、ひょいとその布をまくりあげたのである。

滋が悲鳴をあげたのは、じつにその瞬間だった――。

布の下からのぞいた顔――。

ああ、それは絵にかいたどくろそっくりではないか。

滋の悲鳴をきくと、しまったとばかりに、そいつは身をひるがえし、ころげるように、階段をかけおりていった。

あまりのことに、ぼうぜんとして立ちすくんだ三人の目のまえに、ふたたび、壁がスルスルとしまっていく。

第二の家

滋はいうにおよばず、謙三や金田一耕助も、しばらくは棒をのんだように立ちすくんでいたが、さすがは名探偵金田一耕助、すぐにはっと気をとりなおすと、さっき見つけておいたかくしボタンにとびついた。

そして、いろいろいじっているうちに、こんどはうまく、ツボにはまったらしく、ぬけ穴の入口がふたたび、スルスルとひらいたのだ。

金田一耕助はふたりのほうをふりかえると、

「立花君、滋君、きみたちはここにのこっていてもいいのですよ。ぬけ穴のむこうに、どんな危険が待っているかも知れませんからね」

「いいえ、金田一さん、ぼくはいきます」

言下に謙三が答えた。

「ぼくだって……ぼくだっていきます」

「よし、それじゃきたまえ」

かくし戸のすぐうちがわは、一畳じきぐらいの板の間になっていて、そこから急な階段が、下へつづいているのだ。

さすがに金田一耕助は、探偵だけあって、いついかなる場合でも、懐中電燈をわすれない。それは、てのひらにはいるくらいの、小さな豆懐中電燈だが、明かるいことはおどろくばかり、しかも、ふつうの懐中電燈よりずっとひろく光線がひろがるのだ。

「気をつけてくださいよ。ふみはずすと、けがをしますよ」

階段は五十段あった。それをおりると、かなりひろい横穴が、やみのなかにつづいている。三人は耳をすましてみたが、地下道はシーンとしずまりかえってなんのもの音もきこえない。

どくろ男は、もうよほど、遠くまで逃げてしまったらしいのだ。

金田一耕助は舌うちをして、

「にがしたかな。とにかくいってみましょう」

この横穴は、しぜんにできたものではなく、誰かがほったものにちがいないが、ずいぶん大じかけな工事で、りっぱにセメントでかためてある。

　三人は用心ぶかく、一歩一歩に気をつけて、やみの地下道をすすんでいったが、そのおくふかいことはおどろくばかりで、もう千メートルもきたかと思うのに、まだ出口にいきつかないのだ。

「こりゃア……たいへんな工事ですね」

　金田一耕助も舌をまいておどろいている。

　ところが、それからまた五百メートルほどきたところで、三人は、はたと立ちどまった。道がそこでふたまたにわかれているのである。

　金田一耕助は地面をしらべていたが、なにしろセメントでかためた道のこととて、足あとなどはどこにものこっていない。

「しかたがない。こっちのほうから、さきにしらべてみましょう」

　三人は左のみちへはいっていったが、するとふたまたから三百メートルほどきたところで、ばったり階段にであった。

「立花君、どうやら目的のところへ、たどりついたらしいですよ」

　階段はやっぱり五十段あった。

　金田一耕助はすぐにかくしボタンを見つけて、それをいじっていたが、スルスルと、まもなく目のまえの壁がひらいたので、三人はすぐにそこからとびだしたが、そのとたん、思わず、あっと立ちすくんだのである。

　なんと、そこは三人が、さっきぬけ穴へもぐりこんだ、あの大広間にそっくりではないか。

天井の高さ、窓のかたち、柱のかざりにいたるまで、一分《ぶ》一厘《りん》のくるいもなく、ひょっとすると、また、もとの部屋へかえってきたのではないかと思われるくらいだった。

抜け穴のどくろ男

「ど、ど、どうです、立花君。や、や、やっぱりぼくのいったとおりでしょう。同じかまえの家がふたつあったのです」

金田一耕助はスズメの巣のような、モジャモジャ頭を、めったやたらとかきまわしながら、ひどくどもっていった。金田一耕助という探偵《たんてい》は、こうふんすると、頭をかきまわすのと、どもるのがくせなのである。

謙三も目をパチクリさせながら、

「これはおどろきました。するとおとといの晩、ぼくたちのとまったのはこの家だったのですね。しかし、金田一さん、あのたくさんの動物の剝製はどうしたのでしょう」

なるほど、大広間は空家のようにがらんとして、どこにも動物の剝製は見あたらない。

「そうですね。ひとつさがしてみましょう」

ところが、家のなかをしらべていくうちに、三人はまたしても、みょうな気持ちがしてきた。それというのが、間どりのぐあい、部屋のかっこう、たしかにおとといの晩の家にちがいないのだが、この家もまた、空家のようにがらんとして、動物の剝製はおろか、なにひとつ道具とてはないのである。

それに、このかびくささはどうだろう。これは長いあいだ空家になっていた家のにおいなのだ。とても、おとといまで人のすんでいた家とは思われない。

「みょうですね」

「へんですね」

三人は気味わるそうに顔を見あわせたが、

「とにかく二階をしらべてみましょう」

そこで三人は大急ぎで、二階へかけのぼったが、二階もまた、なにひとつ道具とてはなく、ただカビくさいばかりである。

三人はキツネにつままれたような顔をして、剣太郎の部屋のまえまできたが、そのときだった。滋が、また、気がくるったようにさけんだのだ。

「ああ、金田一さん、にいさん、こんどは浅間山があんなところに見えている」

ああ、なんということだろう。

おとといの晩には浅間山が、ろうかの右手にある、剣太郎のへやの正面の窓からみえたのだ。そして、さっきの家では、浅間山は、ろうかの左手の窓からみえた。ところがなんと、同じ浅間山が、こんどはろうかのつきあたりにある、小窓の正面にみえるのである。

ああ、これはいったいなんということだろう。

三人はしばらく気がくるったような目をして、浅間の煙をにらんでいたが、そのとき、滋がさけんだ。

「にいさん、にいさんそれじゃ、この家も、おとといの晩、ぼくたちのとまった家とちがうのでしょうか」

その声をきいたとたん、イナゴのようにとびあがったのは、金田一耕助探偵だった。

「そうだ、滋君、よくいった。きみのいうとおりだ。この家はおとといの家とちがうのだ」

「だって、だって、金田一さん、それじゃおとといの家というのは……？」

「もう一軒あるのです。これと同じ家が、どこかにもう一軒あるのです。ぼくは……ぼくは……同じ家が二軒あるのだと思っていたが、そうじゃなかったのだ。同じ家が三軒あるのです。あっ、そうだ」

金田一耕助はとつぜん身をひるがえして、階段のほうへかけだした。

「金田一さん、ど、どうしたのですか」

「立花君、滋君、きたまえ。さっきの地下道のわかれみち、……ぼくたちはみちを左へとってきたが、あそこを右へいけばいいんだ。右へいけば、おとといの家にぶつかるのだ。どくろ男は、そっちのほうへいったにちがいない」

三人はまたぬけ穴をとおって、もとの地下道へもぐりこんだ。そして、さっきのふたまたまでたどりつくと、こんどは右のほうの道をすすんでいった。

それにしても、これはなんという妙なことだろう。

そっくり同じかまえの家が、二軒あるということだけでも、世にもふしぎな話なのに、さらにもう一軒、同じ家があるというのだから、まるで夢のような話である。

しかし、その夢のような話がじっさいにあるのだ。ああして、そっくり同じ家が二軒ある以上、そして、ここにこうして地下道があるところをみると、金田一探偵の推理がまちがっているとは思われない。

そうだ、たしかにもう一軒、そっくり同じ家があるのだ。そして、その三軒の家をこの秘密の地下道がつないでいるのだ。

誰が、なんのために、こんなみょうなことをしたのか、そこまでは、だれにもわからなかったが……。

三人は一歩一歩に気をつけて、くらい地下道をすすんでいった。

そして、まもなくわかれみちから、二百メートルほどきたが、三人はとつぜん、ギョッと地下道のなかで立ちすくんだのである。

地下道のはるかむこうからきこえてきたのは、するどい、けたたましい悲鳴。ことばがぼやけて、はっきりとわからないが、なんだか、救いをもとめているような声である。

「なんだ、あれは……」

金田一耕助がさけんだときだった。ひと声高く、キャーッというような悲鳴がとどろいたかと思うと、あとは、死のようなしずけさ。

「立花君、いこう、いってみよう」

「よし、滋君もきたまえ」

三人はむちゅうになって地下道をはしっていったが、それから、ものの五十メートルもいかぬうちに、金田一耕助がとつぜん、

「だれだ?」

と、さけんで立ちどまると、かたわらの地下道の壁に、さっと懐中電燈の光をさしむけた。

と、そのとたん、地下道の壁にピッタリと、こうもりのようにすいついた黒い影が、くるりとこちらへ向きなおったが、おお、その顔、——それはたしかに、さっきのどくろ男ではないか。

さいしょの家

「あっ!」

いっしゅん三人は気をのまれて、棒をのんだように立ちすくんだが、つまり、それだけのあいだ、こちらにすきができたわけだった。
タ、タ、タ、タ、——。

どくろ男は身をひるがえして、三人のほうへ突進してくると、やにわに太いステッキをふりあげて、はっしとばかりなぐったのは、金田一耕助の右うでである。

「あっ！」

ふいをつかれては、さすがの名探偵もたまらない。思わず懐中電燈をとりおとしたが、そのとたん、あかりが消えて、あたりはまっ暗。そのくらやみのなかを、さっと風をまいて、黒い影のとおりすぎるけはいがしたかと思うと、やがて、
タ、タ、タ、タ、タタ—、
と、かるい足音が、三人がいまきたほうへと遠ざかっていく。

「ちくしょう、ちくしょう。立花君、滋君、懐中電燈をさがしてくれたまえ」

懐中電燈はまもなく見つかった。さいわいこわれてもおらず、ふたたびあかりがついたが、そのときには、どくろ男のすがたも見えず、足音ももうきこえない。

「金田一さん、ど、どくろ男でしたね」

「ふむ」

「あとを追わなくてもいいのですか」

「あとを追ってもむだでしょう。あのふたまたの、どっちへにげたのかわかりませんからね。それより、さっきの悲鳴が気になります。いってみましょう」

三人は、そこでまた、その地下道をさきへすすんでいったが、やがて百メートルも来たところで、急な階段にぶつかった。

「悲鳴はこの上からきこえてきたのですね」

「そうらしいですね」

「しかし、みょうですね」

「なにがですか、金田一さん」

「だって、あの悲鳴をきいてから、われわれはすぐに走りだしましたね。そして、五十メートルもいかぬうちに、どくろ男にであいましたね」

「ええ、そうです。それがどうかしましたか」

「ところが、どくろ男にであったところから、この階段まで百メートルはたっぷりあります。あの悲鳴のあとで、どくろ男がとびだしたとしたら、どんなに早く走ったとしても、とても、あそこまでくることはできなかったわけです」

滋もやっと、金田一耕助のいおうとするところが、わかってきた。

「ああ、それじゃ、あなたはあの悲鳴とどくろ男と、関係があるかないかということを考えていらっしゃるのですね」

滋がそういうと、金田一耕助はいかにもうれしそうに、ニコニコ笑って、

「そうです、そうです。滋君、よく気がつきましたね。いや、しかし、とにかくこの上をしらべてみましょう。どうもこれがぼくのわるいくせでね。なんでもないことを、みょうに深く考えたくなるのです」

いや、しかし、それはけっしてわるいくせではないと、滋は思った。

なんでもないことにもよく気をくばり、注意ぶかく目をみひらいていたからこそ、この人はえらい名探偵になれたのにちがいない。そして、そのことは探偵にかぎらず、どんな仕事にも必要なことなのだから、じぶんもこの人といっしょにいるあいだに、できるだけ見習うようにしようと、滋は考えたのである。

それはさておき、階段をのぼると上に板の間があり、そこに、またかくしボタンのあるところまで、ふたつの家と同じだった。金田一耕助も、まえのふたつの家でおぼえがあるので、すぐそのかくしボタンをおした。

と、はたして前面の壁が、スルスルと横にひらいたのだが、そこからとびだしたとたん、滋は思わず大声でさけんだのだ。

「ああ、この家です。この家です。おとといの晩、ぼくたちのとまったのはこの家にちがいありません」

ああ、もうまちがいはない。

大広間いっぱいにかざられた動物の剝製《はくせい》。それはいまもなお、ぶきみなしずけさをたたえながら、思い思いの姿勢でたたずんでいるではないか。金田一耕助も、このたくさんの剝製をみたときには、びっくりしたように目を見はったが、そのときだった。

とつぜん、滋が謙三の腕をつかんでさけんだのだ。

「あっ、あんなところに人が……」

見ればなるほど動物室の一隅に、だれやら人が、がんじがらめに、いすにしばられ、

がっくり首をうなだれている。三人はそれを見ると、すぐそのほうへかけよって、うなだれている首をあげたが、そのとたん、

「あっ、じいやさんだ」

と、滋がさけんだ。

そうなのだ。それはたしかにおとといの晩、謙三と滋を案内してくれた、あのじいやなのにちがいない。

しかも、そのじいやの胸もとからは、なまなましい血が、ぐっしょりと流れているではないか。

カピの死

「立花君、なにか気つけ薬はないか。このひとはまだ死にきってはいない」

さすがは金田一探偵、いったんのおどろきからさめると、すぐにじいやのからだをしらべ、謙三にそう命じた。

謙三は言下に部屋を出ていったが、まもなく食堂から持ってきたのはブランデーのびん。

くいしばった、じいやのくちびるをわって、そのブランデーをつぎこむと、まもなくじいやは、うっすらと目をひらいた。

「ああ、気がつきましたか。しっかりしてください。傷は急所をはずれていますぞ」

じいやは、しかし、首を左右にふると、

「ああ、わたしは、だめ……この傷では助からぬ」

「ばかなことをいっちゃいけない。いったいだれがこんなことをしたんです」

「どくろ……どくろ男……」

金田一耕助は、思わず謙三や、滋と顔を見あわせた。

するとやっぱりさっきの悲鳴と、どくろ男は、かんけいがあったのだろうか。

じいやはからだをふるわせ、

「ああ、おそろしい。どくろのような顔をした男……そいつが、ぼっちゃんの鍵《かぎ》をとりにきたのです。……わしをいすにしばりつけ、鍵のありかを白状させようとしました。わたしは……わたしは、しかし、どんなにせめられても、なぐられても、鍵のありかをいわなかった。……それで、とうとうこのとおり……」

「じいやさん、じいやさん、ぼっちゃんというのは剣太郎君のことですか」

滋がたずねると、じいやはうなずいて、

「ああ、あんたはおとといの晩のお客さん。お願い。……そこにあるクジャクの剥製。そのクジャクのくちばしのなかに鍵がある。……それを、ぼっちゃんにわたしてください」

滋はすぐに大広間をさがしたが、なるほど壁ぎわのたなの上に、みごとな剥製のクジャクが置いてある。

くちばしのあいだをのぞくと、なにやらキラキラ光るもの。とりだしてみると、はたして鍵だった。長さ二センチぐらいの、小人島の鍵のようにかわいい黄金《おうごん》の鍵。

滋はきんちょうして、鍵をにぎりしめると、

「じいやさん、この鍵は、きっと剣太郎君にわたします。でもあの人はどこにいるのですか」

「どこにいるのか、わたしにもわからない。きのうの朝、鬼丸博士や津川先生と急に東京へいく、といって出発して……」

三人は思わず顔を見あわせた。

してみると、剣太郎はぶじだったのだろうか。

「じいやさん、じいやさん、三人はなにも、持たずにいきましたか。ひょっとすると、大きな箱のようなものを持っていきませんでしたか」

そうたずねたのは金田一耕助である。じいやは、かすかにうなずいて、

「はい、ゴリラの剥製を持っていくといって、それを、箱づめにして……」

三人はまた顔を見あわせた。

ああ、あのゴリラの剥製。……いったいなんのために、あんなものを持っていったのだろうか。

「じいやさんは、きのうの朝、ぼくたちがいないのを、ふしぎに思いませんでしたか」

「はあ、……ふしぎに思いました。鬼丸博士にたずねてみました。すると博士のいうのには、夜明けまえに出発したと……」

これでみると、謙三と滋にねむり薬をかがせて、あちらの家へはこんでいったのは鬼丸博士にちがいない。

おそらく津川先生もてつだったのだろう。そうしておいて夜明けを待って、剣太郎を連れてたち去ったのにちがいなかった。それにしてもゴリラの剝製。――ああ、それにはどういう意味があるのだろうか。

そのときまた、じいやの顔色がしだいにわるくなってきたので、謙三は大急ぎで、医者をさがしにいった。

そのあとで、広間のなかをしらべていた金田一耕助が、ふと目をつけたのはカピの剝製である。

「ああ、これが剣太郎君の愛犬ですね」

「ええ、そうです。そうです」

「カピは八月十五日の朝、血をはいて死んだのですね。そしてそれから一週間のちの八月二十三日に、滋君は鬼丸博士が、剣太郎君とうりふたつの、鏡三君といっしょに、軽井沢へやってきたのを見たのですね」

「そうです、そうです。でも、金田一さん、それがどうかしましたか」

「滋君、ぼくはいま、おそろしいことを考えているのですよ。人間はだまされても犬はだまされません。剣太郎君とうりふたつの人間をつれてきて、剣太郎君とすりかえておいても、人間――たとえば、じいやさんは気がつかないかもしれない。しかし、犬はだまされないでしょう。どんなに顔がよく似ていても、人間にはそれぞれちがったからだのにおいがあります。犬はきっとそのにおいをかぎわけて、にせものを見やぶるでしょう。そこであらかじめ、犬をころしておいて」

滋は思わず、あっとさけんだ。

「金田一さん、それじゃ鬼丸博士は、剣太郎君と、鏡三君をすりかえたというのですか」

「いや、いや、はっきりいいきるのはまだ早い。しかし、鬼丸博士はなんだって、ゴリラの剝製なんか持っていったのでしょう。そのなかにだれか……もしや剣太郎君が……」

「あっ、そ、それじゃきのうの朝、じいやさんの見た剣太郎君というのは、そのじつ剣太郎君ではなく、鏡三君だったのでしょうか」

金田一耕助はくらい目をして、

「そうでないことを祈ります。しかし、そうであったかもしれない」

滋はなんともいえぬおそろしさに、歯がガチガチと鳴ったが、そこへ謙三が、医者をつれてもどってきた。

しかし、万事は手おくれで、それからまもなく、じいやは息をひきとったが、そのあとで、医者が、妙な話をした。

その話というのはこうなのである。

「この家には、剣太郎という少年がいましてね。あの少年について、みょうな話があるんですよ。ひと月ほどまえのこと、剣太郎君の左の腕のつけねがいたむといって、このじいやさんといっしょにわたくしのところへきたのです。みるとそこに、大きなおできみたいなものがあります。きいてみるとそのおできは、剣太郎君のまだ、ものごころつかないころからあるのだそうですが、それが急にいたみだしたというのです。そこで切開手術をしたのですが、そのおできの中からなにが出てきたと思います。鍵ですよ。二センチぐらいの小さな黄金の鍵……」

その話をきいたとたん、滋はてのひらの中ににぎっている、あの小さな黄金の鍵が、やけつくようにかんじた。

ああ、それでは、いま滋のにぎっている鍵、じいやがいのちをかけて、わるものから守ったこの鍵は、剣太郎のからだのなかに封じこまれてあったのか。

しかし、それにはいったい、どういう秘密があるのだろうか。

……滋は、つぎからつぎへとおこる、ふしぎな事件に、目がくらむような気がしたが、しかし、読者諸君よ、いままでお話してきたところは、いわばまだこの物語のはじまりにすぎないのだ。

それから、まもなく舞台を東京にうつして、そこにいったい、どのような、怪奇な事件がくりひろげられることだろうか。

鍵《かぎ》の謎《なぞ》

それはさておき滋は、そのつぎの朝、軽井沢をたって、東京へかえってきたが、その当座、わすれようとしてもわすれることのできないのは、あのふしぎなできごとである。

滋はおかあさんにたのんで、小さな守りぶくろをぬってもらうと、あの黄金の鍵をなかへしまいこみ、肌身《はだみ》はなさず持っていることにした。

滋はおりおりそっと、守りぶくろのなかから、黄金の鍵をだしてながめた。するとさまざまな空想のつばさがひろがっていくのだ。

ああ、この小さい鍵に、いったい、どのような秘密があるのだろうか。剣太郎の腕の筋肉から出てきたということだが、いったいだれがそんなところへ、黄金の鍵を封じこめておいたのだろうか。

じいやの話によると、剣太郎は小さいときから、左の腕のつけねに大きなおできがあったそうだが、そのなかに、このような鍵がかくしてあろうとは、夢にも知らなかったということである。

してみると、だれがこの鍵をかくしたにしろ、それは剣太郎の、まだものごころもつかぬころのことなのにちがいない。

ああ、ものごころもつかぬ子どもの腕のなかに、鍵をかくそうなどとは、なんというひどいことをしたものだろう。しかし、また考えなおすと、それだけにこの鍵のたいせつさがわかるような気もするのだ。ひょっとすると、この鍵こそは剣太郎の、幸運のとびらをひらく鍵ではないだろうか。

ある日、滋はその鍵を、てのひらにのせてつくづくながめていたが、そのうちに、鍵のうえになにやら小さな文字らしいものが、ほってあるのに気がついた。そこで、お父さんの部屋から、虫めがねをかりてきてしらべてみると、そこにほってあるのは、『N《ナン》O・1《バー・ワン》』という文字、すなわち第一号という文字である。

滋は、はてなとばかりに首をひねった。

第一号というからには、第二号や第三号の、黄金の鍵があるのだろうか。もし、あるとすればどこにあるのだろう。

滋はいよいよ深い謎のなかに、まきこまれていく気持ちだったが、そのうちに、十日ほどおくれて、謙三も軽井沢からかえってきた。謙三は滋のうちに同居して、大学へ通っているのである。

ふたりは学校からかえると、毎日、軽井沢の話ばかりしていたが、するとそれからまた五日ほどたって、金田一耕助がひょっこりたずねてきた。

金田一探偵はそれまで軽井沢にのこって、警察の人たちといっしょに、いろいろしらべていたのである。

その耕助の話によると、あのきみょうな三軒の家をたてたのは、ゆくえ不明のサーカス王、鬼丸太郎だということがわかったそうである。

しかし、なぜあのように三軒の家を、なにからなにまで、そっくり同じかたちにたてたのか、そこまではまだわからないということなのだ。

三軒の家は谷をへだてて三つの丘に、それぞれたっているのだが、外から見て、いかにもよくにた家だということは、近所の人も知っていたものの、中までそっくり同じだとは、いままでだれも知らなかったのである。

謙三と滋があらしの夜、一夜の宿をもとめたのは、いちばん南の丘にある家だった。そしてつぎの日、目をさましたときには、いちばん北の家へはこばれていたのだが、なにしろまえの晩、ひどいあらしで道にまよっていたので、つぎの朝、あき家をとびだしたときには、そこがきのうの道とちがっていることに、気がつかなかったのもむりはない。

「それで、先生」

謙三は、いつのまにやら、金田一耕助を先生とよぶようになっていた。

「鬼丸博士のゆくえはまだわかりませんか」

「わかりません。警察でもやっきとなって、さがしているようですがね。ときに滋君、きみは、あの鍵をもっているでしょうね」

「ええ、ここに持っています」

滋は守りぶくろから、黄金の鍵をだしてみせると、

「ところが、先生、この鍵について、ちょっとみょうなことを発見したのですよ」

と、あの番号のことをかたってきかせると、金田一耕助も虫めがねをとって、まじまじと鍵のおもてをながめながら、

「なるほど、なるほどたしかにナンバー・ワンとほってありますね。すると、これは滋君のいうように、第二、第三の鍵があるのかもしれませんね。しかし、あるとすればどこにあるのか、いやいったい、だれが持っているのか……」

金田一耕助はそういって、虫めがねをもったまま、しばらくじっと考えこんでいた。

面をかう人たち

それからのちも滋は、黄金の鍵のことが気になってたまらなかったが、それかといってそのことばかりに、気をとられていたわけではない。

滋にしろ、謙三にしろ、まだ学生である。学生であるからには勉強がだいいちだ。鬼丸博士や剣太郎のことが気になりながらも、ふたりとも勉強のほうがいそがしくて、軽井沢のできごとも、なんだか遠いむかしの夢のように思われてきた。

金田一耕助はおりおりふたりをたずねてきたが、この人もほかにいそがしい事件をひかえているとみえて、この事件にばかり、かかりあっていられないようすだった。

ただ、いつかきたときの口ぶりでは、タンポポ・サーカスのゆくえを探しているよう

すだった。

そうこうしているうちに、はや、あの時から七か月たち、この四月に滋は、優等の成績で中学の二年生になった。

その春休みの、四月はじめのある朝のことである。

滋と謙三は、あまり天気がよいので、どこか郊外へハイキングにいこうかと相談していたが、そこへやってきたのが金田一耕助の使いだった。

金田一耕助の手紙をもってきたのだ。ひらいてみると、

本日午後一時までに、上野公園竹の台、西郷《さいごう》さんの銅像の下までこられたし。万事はお目にかかって申しあげます。

金田一耕助

立花謙三
滋
両君へ

滋と謙三は、それを読むと思わずはっと顔を見あわせた。

「にいさん、きっとあの事件のことですね」

「もちろん、そうだろう。先生はやっぱり、あの事件をわすれていなかったのだね」

滋と謙三は、いかに勉強のためとはいえ、いつとはなしにあの事件のことをわすれて

いた、じぶんたちのことがはずかしいような気がした。

そこで使いの人にはかならずいくからとことづけて、昼食を早めにたべて出かけていくと、上野公園はたいへんな人出だった。

その日は四月の第一日曜日にあたっていたうえに、天気はよし、サクラもそろそろ満開というところへ、さらに人出をさそったのは、ちょうどそのころ上野では、産業博覧会がひらかれていたからである。

その博覧会の呼びもののひとつである軽気球が、ゆらゆらと空高くうかんでいるのも、人の心をうきたたせるようだった。

その軽気球というのは、博覧会の見物客のなかで、のぞみのひとをよりすぐっては、空から東京見物をさせるのだ。

さて、滋と謙三が、ごったがえす人波をかきわけて、西郷隆盛《たかもり》の銅像の下までくると、金田一耕助が待っていた。

あいかわらずよれよれの着物によれよれのはかま、形のくずれたお釜帽《かまぼう》。どこから見てもびんぼう書生というかっこうで、とても、えらい名探偵《めいたんてい》などとは見えない。

「ああ、先生、なにかかわったことでも……」

謙三が何かいおうとするのを、金田一耕助はエヘンエヘンとさえぎって、

「いや、なに、あまり天気がよいから、博覧会でも見ようと思ってね」

と、わざと、大声でいったかと思うと、すぐ声をおとして、ささやくようにいった。

「立花君、滋君。むこうに面売りの男が立っているだろう、あいつに気をつけていたまえ」

そのことばにふたりがそっと向こうをみると、いきき するひとごみのなかに、面売りがひとり立っていた。

首にぶらさげた箱のなかに、おかめやひょっとこやてんぐの面や、そのほかさまざまな面がはいっているところをみると、なるほど面売りにちがいないが、謙三や滋がその男を見てはっとしたというのは、それがふつうの人間ではなかったからである。そいつは子供ほどの背たけの小男だった。

小男の面売り……滋はなんともいえぬみょうな気がしたが、するとそこへやってきたのがひとりの男。

「アッハハ、お花見の面か。おもしろかろう。ひとつもらっていくぜ」

ひょっとこの面をかったその男が、くるりとこちらをむいたせつな、滋は思わずあっと息をのみこんだ。

「せ、先生、あれは……」

「しっ、だまって。もうひとり面をかいにくる男があるはずだから待っていたまえ」

金田一耕助のことばのとおり、その男が立ち去るとまもなく、またひとりの男がやってきて、こんどはてんぐの面をかっていったが、その男の顔をみると、滋のこうふんは、いよいよ大きくなってきた。

「さア、そろそろいこうか。立花君、滋君、あの男のすがたを見失うな」

てんぐの面をかった男は、その面を顔につけると、急によっぱらいのあしどりになり、フラフラと人ごみをわけて歩きだした。

「先生、先生、それにしてもあの男たちはなにものですか」

謙三がたずねると、金田一耕助はおもしろそうに滋をふりかえって、

「そのことなら滋君にたずねてみたまえ、滋君は気がついているようだからなア、滋君、知っているんだろう」

「知っています。先生、あの人たちはみんなタンポポ・サーカスのひとたちです。ひょっとこの面をかったのは、サーカスの力持ち、てんぐの面をかったのは、サーカスの団長です。そしてあの面売りの小男は、タンポポ・サーカスのピエロです」

軽気球の老人

「タンポポ・サーカスの人たち？」

謙三は息をのむと、

「しかし、先生、その人たちがいったい何をしようとしているのです」

「立花君、それはぼくにもわかりません。だから、これから見張っていようというので

す」

それから金田一耕助は、つぎのような話をした。

去年の軽井沢の事件があってから、金田一耕助は、タンポポ・サーカスのゆくえをさがしていたが、ちかごろになって、こういうことがわかったのである。

鏡三がいなくなってから、タンポポ・サーカスはすっかり人気がなくなり、まもなくつぶれてしまった。

サーカスの団長や力持ち、それからピエロの小男は、それを残念がって、なんとかして鏡三をさがしだし、もういちどタンポポ・サーカスをたてなおそうと、やっきになっていたのである。

「そういうことがわかったので、ぼくはひとをやとって、三人を見はらせておいたのですが、きょうはここで三人が、ひとめをさけてあうことがわかったので、きみたちにもお知らせしたのです。なんといっても滋君こそ、こんどの事件ではいちばん縁がふかいのですからね」

そういわれると滋は、なんだかじぶんが英雄にでもなったような気がしてきた。

「先生、ひょっとするとあの人たちは、鏡三君を見つけたのではありませんか」

「いや、ぼくもそう考えているんですよ。きみたちも見たろう。いまのあのひとたちの顔色、意気ごみ。——なにかよほどのことをたくらんでいるにちがいありませんよ」

「先生、鏡三君のいどころがわかれば、鬼丸博士や剣太郎君のこともわかるわけですね」

「そうだ、そう思ったからこそ、ぼくはタンポポ・サーカスを見はっていたのだ。ああいうひとたちは、一種とくべつの組織をもっていて、人をさがすことなどたいへんうまいんですよ。どうかすると警察などより、よっぽど役にたつことがある」

「あっ、そうだ」

両手をうって、そうさけんだのは滋である。

「あの人たち、鏡三君を見つけて、これからとりかえしにいこうとしているにちがいありませんよ。だからああしてお面をかぶっているんです。鏡三君は、あの人たちの顔を知っているから見つけたらすぐににげてしまいます。そこでああしてお面で顔をかくして、近づこうとしているのです」

「えらい！」

言下にそういったのは金田一耕助だった。

「滋君、きみもだいぶ目があいてきたね。そうだ。なにごとにも目をひらいて、注意ぶかく考えるということはいいことだよ」

金田一耕助にほめられて、滋はちょっと赤くなったが、そのときだった。てんぐの面をかぶった男、すなわちタンポポ・サーカスの団長は、フラフラと産業博覧会へはいっていった。よっぱらいだと思うから、へんなお面をかぶっていても、だれもあやしむものはいない。

三人は顔を見あわせていたが、これまた入場券をかってなかへはいっていった。

博覧会のなかはたいへんなにぎわいである。ひろい場内には、この博覧会のためにたてられた建物がいくつもたっていて、そのなかには、日本全国からあつめられた、めずらしい産物がいっぱい陳列してあるのだ。

建物はそういう陳列場ばかりではなく、余興場だの売店だの、さてはまた、すしだのおしるこだの食べさせる店などが、いたるところにたっている。

そして、ひろい場内いっぱいにはりめぐらされた万国旗、あちこちからきこえてくる陽気な音楽、そのなかをおしよせた見物が、それこそアリのようにひしめきあってうきうきとあるきまわっているのである。

てんぐ面の男は、そういうひとごみのなかを、あいかわらずフラフラ歩いていく。しかし注意ぶかく見ていたら、かれがけっしてよっぱらっているのでもなく、また、あてもなくあるきまわっているのでもないことがわかったことだろう。

この男はなにか目的をもっているのだ。そして、その目的にむかって、ズンズン進んでいるのだ。

てんぐ面の男は、まもなく軽気球をあげるところまできた。ちょうど、いまひと見物おわったところと見え、軽気球がユラユラと空からおりてきた。軽気球は滑車をつかって、空へあげたり、空からおろしたりするのである。

つまり軽気球をつなぎとめてある綱を、滑車でゆるめると、軽気球はユラユラと空高くのぼっていく。そのはんたいに滑車の綱をまいていくと、それにひかれて軽気球はおりてくるのである。

その滑車の係は、六十歳ぐらいの白髪《しらが》の老人だったが、いましも一心に滑車をまいている目のまえに、てんぐ面の男が立ちどまった。そして、汗でもふくつもりだったのだろう。なにげなく面をとってあたりを見まわしたが、そのとたん、滑車係の老人は、はっとしたように顔をそむけた。どうやらこの老人は、タンポポ・サーカスの団長を知っているらしいのだ。

団長のほうでは、しかし、そんなことには気がつかない。ふたたび面をかぶりなおすと、すぐそばにある余興場へはいっていった。

金田一耕助や謙三、それから滋の三人も、すぐあとから余興場へはいっていったが、ああ、もしこのとき金田一耕助が、滑車係の老人のへんなそぶりに気がついていたら、かれはもっとよく注意したことだろうに。なにしろひどいひとごみだから、ついそれに気がつかなかったというのも、まことにぜひないことではあった。

少年歌手

それはさておき、余興場のなかは満員だった。この余興場は、西洋風のミュージカルだの、ダンスだのを見せるところらしく、滋たちがはいっていくと、舞台ではかわいらしい少女たちが、まるでちょうのようにおどっているところだった。

しかし、てんぐ面の男はそんなものには目もくれず、ひとごみをかきわけて、ぐんぐんまえへ出ていく。

そのあとから三人も、さりげなくついていくのだ。

このさい、三人にとってたいへんつごうのよいことには、こちらでは向こうをよく知っているのに向こうではちっともこちらを知らないことだった。だから、どんなにそば近くへよっていっても、あやしまれることはない。

てんぐ面の男は、とうとう見物席のいちばんまえの列まで出た。

滋たち三人は、それから三列ほどうしろの通路にしゃがみこんだ。立っていると、ほかの見物人のじゃまになるからである。

それでも滋はときどき立って、そっと見物席をながめた。すると、すぐ目についたのは、ひょっとこ面の男である。その男も、見物席のいちばんまえにいて、舞台にもたれるように立っている。

ああ、かれはいったい、ここでなにをおっぱじめようというのだろうか。

滋はなんとなく、胸がワクワクする気持ちで、そのほかにも、タンポポ・サーカスのひとたちはいないかと、見物席を見まわしていたが、そのうちに、思わずあっと、ひくいさけびが口をついて出た。

「滋君、ど、どうしたの。なにかあったの？」

「にいさん、にいさん、あそこに鬼丸博士が……ああ、津川先生もいっしょにいる！」

「なに、鬼丸博士が……」

金田一耕助もはじかれたようにふりかえった。

「滋君、ど、どれだ。鬼丸博士というのは？」

金田一耕助は、まだ鬼丸博士も津川先生も知らないのである。

「先生ほら、ここから三列ほどうしろの左のはしに、顔じゅうひげだらけのひとがいるでしょう。あれが鬼丸博士です。そして、そのとなりにすわっているのが津川先生」

謙三もそのほうを見たが、ああ、滋のことばにあやまりはなかった。鬼丸博士と津川先生は、ひとごみのなかにかくれるように、からだをちぢめて、しかも、その目はくいいるように舞台のほうを見つめているのである。鬼丸博士の手には、きょうもあの太い棒みたいなステッキがにぎられていた。

謙三はひょっとすると、剣太郎はいないかと、そのへんをさがしてみたが、その姿はどこにも見えなかった。

「なるほど、あれが鬼丸博士と津川先生か。よしおぼえておこう。ときに立花君、滋君」

「はい」

「あの人たちが来ているとすると、これはいよいよただごとではありませんよ。いまにきっとこの余興場で、何かおっぱじまるにちがいない。そこでいまのうちから、そのときのてはずをきめておきましょう」

「はア、どうすればいいのですか」

「きみたちはどんなことがあっても、鬼丸博士や津川先生から、目をはなさないでください。ぼくはタンポポ・サーカスの連中を見張っているから」

「しょうちしました。滋君、わかったね」

「ええ、わかりました。でも、先生、いったい何が起こるのでしょうか」

滋はなんとなく、むしゃぶるいがでる感じである。

「さア、それはぼくにもわからない。わからないだけに、いっそう気をつけていなければならないのだ」

むろん、こういう会話は、ほかの見物のじゃまにならぬように、ごくひくい声でかわされたのだから、すぐまえにいるタンポポ・サーカスの団長も気がつかない。

そのうちに、プログラムはしだいにすすんでいった。二ツ三ツ、ダンスがあったあとで、手品がすむと、こんどは、

「少年歌手」

というはり札が、舞台のそでのところにはりだされた。

すると、それと同時に、場内の電気がいっせいに、パッと消えたかと思うと、ただ一点、舞台のうえに投げかけられたのは、すみれ色の光の輪。そして、ゆるやかな音楽の音《ね》につれてしずしずと、その光の輪のなかにあらわれた少年歌手というのは……。

おお、その少年歌手の顔を、ひとめ見たとたん、滋と謙三は、思わず手に汗をにぎり、ほとんど同時にさけんだのだ。

「鏡三君だ！」

「剣太郎君だ！」

金田一耕助はそれをきくと、はじかれたようにふたりのほうをふりかえった。

「立花君、まちがいないか。あれは、たしかに、剣太郎君ですか」

「そうです、そうです。ぼくは鏡三君を知りませんが、あれは剣太郎君にいきうつしです」

「滋君、きみはあれを鏡三君というのですか」

「先生、ぼ、ぼくにもわかりません。だって鏡三君と剣太郎君は生き写しなんですもの。でも、あのひとはふたりのうちのひとりにちがいありません」

そのとき、音楽の音につれて、少年歌手がしずかに歌いだした。それは甘い、ものかなしげななんともいえぬよい声だった。

その歌声にききほれて、場内にはせきひとつするものもいない。

だが、このまっくらな見物席から、少年歌手をねらっているへびのような八つの目があったのだ。タンポポ・サーカスの団長と力持ち、それから鬼丸博士と津川先生。鬼丸博士と津川先生はすいよせられるようにじりじりと、舞台のほうへ近づいていった。

あいずの口笛

さて、話かわってこちらは余興場のすぐ外にある、軽気球上げ場だが、そこではいましも軽気球が、ゆらりゆらりとおりてきて、ぶじに地上についた。そして、空からの東京見物をおわったひとびとが、にぎやかに笑いさざめきながら、なわばしごをつたっておりてきた。ところがなかにただひとり、みんながおりてしまっても、軽気球のなかにのこっているひとがあった。

そのひとはまっくろな洋服をきて、そのうえに、うすい、ひらひらした黒のマントをはおっている。そして、頭にかぶったつばのひろい帽子のふちには、カーテンのように、黒いきれをたらしているのだ。

そのひとは軽気球のかごのなかに立って、ぼんやりあたりを見ていたが、そのとき、ひくい口笛の音《ね》がきこえてきたので、おやというように下を見た。口笛をふいているのは、滑車係の老人である。

黒衣のひとはそれを見ると、あたりを見まわし、じぶんもかるく口笛をふいた。すると、それにこたえるように、滑車係の老人が、またもやひくい口笛で……。

どうやらその口笛は、なにかのあいずらしいのだ。

黒衣のひとはそれをきくと、なにか心にうなずきながら、なわばしごをつたって、するするとおりていった。すると、滑車係の老人が、すぐそばへやってきて、なにやら耳もとでささやいた。

　黒衣の人はそれをきくと、ひどくびっくりした様子だったが、すぐ、老人にひとことふたこと、ひくい声でささやくと、そのまま、すたすた軽気球のそばをはなれて、余興場のうらのほうへまわっていった。

　ちょうどそのころ、余興場では……。

　みょうなお面で顔をかくした、タンポポ・サーカスの団長と力持ち、それから鬼丸博士と津川先生が、へびのような目をひからせながら、じりじりと舞台のほうへ近づいていった。その団長と力持ちを、ゆだんなく、見はっているのは金田一耕助。一方滋と謙三は、見物をかきわけて、鬼丸博士や津川先生のほうへ近づいていった。

　やがて少年歌手の歌が一曲おわると、場内はあらしのような拍手かっさい。――と、この時だった。お面で顔をかくした団長と力持ちが、くらやみのなかでうなずきあうと、いきなり舞台へとびあがったから、おどろいたのは少年歌手である。

「おい、鏡三、いままでうまくかくれていたな。おれの声がわからねえか」

　てんぐ面の団長に、むんずとばかり手をとられて、少年歌手は身をもがきながら、

「あっ、だれです、だれです。ぼくの名は鏡三じゃありません」

「しらばくれてもだめだ。おれはタンポポ・サーカスの団長の、ヘンリー松村《まつむら》だ」

「知りません、知りません。ぼくはそんなひと知りません」

「こいつめ、しらばくれやがって……団長、いいから、ひっかついでいこうじゃありませんか」

「あっ、なにをするのです。あなたはだれです」

「おれか、おれはタンポポ・サーカスの力持ち、万力《まんりき》の鉄《てつ》だ。鏡三、来い！」

左右から両手をとられて、少年歌手はさっとあおざめ、

「あっ、なにをするのです。だれか来てえ……助けてください！」

いままであっけにとられてポカンとしていた見物も、少年歌手の悲鳴に、はじめて、ただごとでないことに気がついた。

さっと、総立ちになった中に、四、五人舞台へとびあがったものもある。

楽屋でも、やっとこのさわぎに気がついて、座員が四、五人、バラバラと、とびだしてきたが、そのとたん、いままで、まるくすみれ色に、舞台をてらしていた光が、ふうっと消えて、余興場のなかはまっ暗がり……。

暗やみの騒動

さア、たいへん、余興場のなかは、上を下への大さわぎ。

「だれだ、だれだ、電気を消したのは。……電気をつけろ、電気をつけろ！」

と、舞台の上でどなるものがあるかと思うと、

「あっ、だれか来てえ。だれかわたしのハンド・バッグをとっていった……」

と、見物席では女の悲鳴。

それにつづいて、

「あっ、おれのがまぐちもないぞ。すりだ、すりだ、どろぼう！」

こうして舞台も見物席も、ハチの巣をつついたような大さわぎになったが、そのうちに舞台の上では、どたばたと組打ちの音。

「き、き、きさまたちはなにものか。この子をいったいどうしようというのだ」

「どうもこうもあるもんか。この子はおれのもんだ。タンポポ・サーカスからにげだしたんだ。だれにことわって、こんなところへつれて来た」

「いいえ、いいえ、ちがいます。タンポポ・サーカスだの、万力の鉄だのって、ぼくはちっとも知りません。この人たちは人ちがいをしているのです。はなしてください。はなして……」

金切り声でさけんでいるのは少年歌手である。

「ええい、めんどうくせえ。鉄、なんでもいいからそいつをかついでいけ」

「おい、こら、なにをする！」

「なにもへちまもあるもんか。それじゃ、団長、あとはたのみましたぜ。鏡三、こい！」

「いやです。いやです。はなしてください。あっ、だ、だれか来てえ！」

「やかましいやい。こいといえば、おとなしくついて……うわっ！」

とつぜん、おそろしいさけび声が、くらやみをつんざいてきこえた。どうやら、万力の鉄らしい……。

その声があまりおそろしかったので、いままではちの巣をつついたようにさわいでいた舞台も見物席も、いっとき、水をうったようにしいんとしずまりかえってしまった。そのしずけさのなかに、だれやら、どさりと倒れる音。

と、そのときだった。いままで消えていたすみれ色のまるい光が、ふたたび、ぱっと舞台の上を照らしたのだが、そのとたん、ひとびとは、なんともいえぬおそろしいものを見て、思わずあっとふるえあがってしまったのである。

すみれ色の光のなかに、すっくと立っているのは、なんと、どくろのような顔をした男ではないか。

どくろ男は、だしぬけに、光をまともからあびせかけられ、はっとしたように顔をそむけたが、ときすでにおそかったのだ。

すっかりその顔かたちを見物のひとびとに見られてしまったのだが、ああ、そのすがたの気味わるさ、その顔のおそろしさ。

黒いマントに黒い洋服、そして黒い帽子の下からむきだしになっているのは、鼻もくちびるもなく、馬のようにみにくい歯なみが、二列にならんでいる。それこそ、世にもおそろしいどくろの顔……。

しかも、そのどくろ男は、かた手でしっかり少年歌手をだいているのだ。少年歌手は

どくろ男の顔を見たとたん、

「きゃっ！」

と、さけんで、そのまま、気をうしなってしまった。

それにしても、万力の鉄はどうしたのかと見まわすと、いた、いた。万力の鉄はヒョットコの面をかぶったまま、舞台の上に倒れているのだ。

しかもかれの肩のあたりには、細身の短刀がつっ立って、山鳥のしっぽのように、ブルンブルンとふるえている。

すみれ色のまるい光で、これだけのことを見てとったとたん、舞台の上のひとびとも、見物席の見物たちも、いっせいに、わっとさけんで浮き足だったが、つまり、それだけのあいだが、どくろ男にとっては、乗ずるすきになったわけである。

どくろ男は、やにわに少年歌手をだきあげると、うすいマントをひるがえして、さっとばかりに舞台から、楽屋のほうへかけこんだ。

それを見て、

「しまった！」

と、ばかりに、見物席から舞台へとびあがったのは金田一耕助。

「にがすな。そいつをにがしちゃならんぞ」

金田一耕助のその声に、いままで棒をのんだように立ちすくんでいたひとびとも、はっとばかりに気をとりなおして、なだれをうって楽屋のほうへかけこんだが、そのとき、またもや電気が消えて、あたりは、うるしをぬりつぶしたようなまっ暗がり。

「しまった、しまった。ちきしょう、ちきしょう」

金田一耕助は、じだんだふんでくやしがったが、なにしろかってわからぬ楽屋のなか、あちらへぶつかり、こちらへつきあたり、なかなか思うようには進めない。

それでもやっと、楽屋口を見つけて外へとびだすと、そのとき、わっと向こうの方で、ひとびとの、ののしりさわぐ声。

金田一耕助は、はかまのすそをふりみだして、声のするほうへかけつけたが、そのとたん、思わずあっと、手に汗をにぎって立ちすくんでしまった。

ああ、なんということだろう。いましも地上をはなれてユラユラと、大空めがけてのぼっていく軽気球——その軽気球にのっているのは、たしかに、どくろ男と少年歌手ではないか。

三十メートル、五十メートル、八十メートル……。

滑車のゆるむにしたがって、軽気球はユラリユラリと、しだいに空高くのぼっていく。

「綱をまけ、滑車をしめろ、軽気球をあげてはならん！」

金田一耕助はやっきとなってどなったが、それがきこえたのか、きこえないのか、滑車がかりの老人は、ばかみたいな顔をして、ぽかんと軽気球をみている。

「おい、なにをしているんだ。滑車をまかないか。綱をしめないか。……あっ！」

金田一耕助は、とつぜん、ギョッとしたように、立ちすくんでしまった。

滑車のかいてんにしたがって、くるくるとのびていた綱が、ふいに、ふわりと滑車をはなれて宙にういてしまったのである。

ああ、なんということだろう。

綱はそこでぷっつりと、切れていたではないか。

空中の大曲芸

「わあっ！」

軽気球あげ場をとりまいて、黒山のようにたかっていたひとびとの口から、いっせいに、おどろきのさけびがもれたが、それもむりではなかった。

糸の切れたゴム風船。——滑車をはなれた軽気球の運命は、それと同じではないか。空高く、のぼって、のぼって、のぼりつめたあげくの果てにはどうなるのだろう。

軽気球が破裂して、小石のように落下するか、それとも、ガスがしだいにぬけて落ちてくるか……どちらにしても、ついらくすることにはまちがいない。

ああ、千が一にも助かるみこみのない怪人と少年歌手——それを思えば、ひとびとが手に汗をにぎったのもむりではなかった。

それはさておき、滑車をはなれた軽気球は、いちど、ぐらりとななめにかたむいたが、すぐまたもとの位置にかえると、おりからの東のそよ風にのって、ふわりふわりと、とんでいった。それにつれて、たれさがった綱のはしが、黒山のようにあつまった、ひとびとの頭をなでていく……。

と、とつぜん、勇敢なひとりの人が、その綱のはしにとびついた。しかし、いかに大力男でも、ひとりの力で軽気球をつなぎとめようなどとは思いもよらぬことである。はんたいにその人は、するするすると地上から、空のほうへひきあげられていく。

「わあっ！」

広場をとりまくひとびとの口から、またもやどよめき声がもれた。

その声におどろいたのか、綱のはしにぶらさがった勇敢な男が、まっ青になって手をはなしたからたまらない。数メートルの高さから、もんどり打って落ちてきた。

「わあっ！」

またしても見物のどよめきの声。

それにしてもその人は、気のつきようが早かったからまだよかったのだ。もうしばらくがんばっていたら、みるみるうちに空高くつりあげられて、おりるにおりられず、のぼるにのぼれず、それこそ、進退きわまってしまったにちがいない。

それはさておき、軽気球がのぼるにつれて、ぶらさがった綱のはしも、しだいに高くなっていった。

いままでは、頭上はるかにはなれた綱は、陳列場の屋根をなでながら、しだいに西へと流されていく。

ところが、この博覧会の西のはずれには、百メートルぐらいの塔が立っていた。この塔もまた軽気球とともに、この博覧会のよびもののひとつで、塔上には望遠鏡がそなえつけてあり、そこから東京見物をさせるしくみになっているのだ。

いましも、その塔上には五、六人の人がむらがって、ものめずらしげに望遠鏡をのぞいていたが、そこへ聞こえてきたのがただならぬ喚声、どよめきの声。……なにごとならんと、塔の窓からのぞいたひとびとは、思わずあっと手に汗をにぎった。

軽気球はいま、塔のま上にさしかかり、そこからぶらさがった綱が、窓のそとをすれすれにぶらさがっているではないか。

風のぐあいか、軽気球はいっときそこに停止しているらしく、綱のはしがブラブラと、窓のすぐそとにゆれている。

と、このときだった。塔の階段をとぶように、かけのぼってきた奇妙な人物がある。背の高さは十か十一、二の子どもぐらい。しかし、子どもかと見れば子どもではなく、顔を見れば、りっぱなおとななのである。

あの小男だ――。

そうだ。タンポポ・サーカスの一員、さっき西郷隆盛の銅像の下で、面を売っていた小男なのである。

小男は窓のそとにぶらさがっている、綱のはしに目をとめると、むらがるひとびとをかきわけて、やにわに窓にかけのぼり、綱のはしに両手をかけた。

と、そのとたん、軽気球がふわりとうごいて、小男は塔のまどから、百メートルの上空へ……。

「わあっ！」

ふたたび、みたび、どよめきの声が、博覧会をうめつくしたひとびとの口からもれた。

それにしても小男は、なんというだいたんな、なんという命しらずのまねをするものだろう。かれは綱をつたって、軽気球までのぼっていくつもりなのだろうか。

しかし、綱のはしから軽気球までは、百メートルはたっぷりある。もし、とちゅうで腕がしびれて手をはなしたら……。

ひとびとが手に汗をにぎって、そのなりゆきを見まもっているのもむりではなかった。

しかし、小男には、なにか考えがあるとみえて、べつにあわてた風もなく、さるのように、するすると、二メートルほど綱をのぼると、やがて綱に両足をかけ、まっさかさまにぶらさがった。

「あっ！」

見まもるひとびとのわきの下から、また滝のようなひや汗が流れた。

しかし、小男はあわてずさわがず、まっさかさまにぶらさがったまま綱のはしをとって、なにかしていたが、なんと、できあがったところを見ると、綱のはしを結んで、輪をつくっているではないか。

そして二、三ど、その結《むす》びめの強《つよ》さをためしていたが、やがて安心したのか、その綱の輪に腰をおろすと、帽子をとって下なる群集にふってみせた。

ああ、だいたんな小男の大曲芸。

「わあっ！」

ふたたび、みたび、ひとびとの喚声とどよめきが、上野の森をゆるがしたのも、むりではなかったのだった。

津川先生の射撃

まえにもいったとおり、その日は四月の第一日曜日だった。しかも天候はよし、陽気はよし、上野は博覧会とお花見の客で、ごったがえすようなにぎわいをていしていた。その人たちにとって、これほどのめずらしい、スリルにとんだ見ものが、またとほかにあるだろうか。

どくろ面の怪人と少年歌手のふたりをのせて、糸の切れたゴム風船のように、空高くとんでいく軽気球。その軽気球の綱のはしに、まるで時計の振り子のようにブランコした子供のような背たけの小男。――ひとびとが手に汗をにぎって、あれよあれよと立ちさわぐのも、むりではなかった。

それはさておき軽気球は、間もなく博覧会場をはなれると、ユラリユラリと、不忍池《しのばずのいけ》の上空を流れていく。あいかわらず綱のはしには、小男がぶらさがっているのだ。

と、このときだった。

清水堂《きよみずどう》のほとりから、つと身をのりだした人物があった。津川先生である。あの腰のまがった足の悪い津川先生――津川先生はすばやくあたりを見まわしたが、だれもかれも軽気球に気をとられているので、だれひとりこちらを見ているものはいない。

それをみると津川先生、にたりときみの悪い微笑をもらすと、持っていたステッキを、まるで鉄砲のように身がまえた。しかも、そのねらいは、ぴったりと、小男につけられているではないか。

ああ、これはいったいどうしたことだろう。津川先生はじょうだんで、そんなまねをしているのだろうか。それとも、津川先生のステッキは見たところステッキとしか見えないけれど、その実、鉄砲のような役めをするのではあるまいか。

そういえば、いつか軽井沢の一軒家で、滋や謙三にむかって、剣太郎がこんなことをいったではないか。

「津川先生は、ああいうおからだですけれど、とてもお強い人ですよ。そして、弓だってピストルだって、百発百中の名人なんです」

ああ、その津川先生は、百発百中のうでまえで、小男をうちころそうというのだろうか。しかし、鉄砲をうてば音がするにきまっている。音がすれば、いかに軽気球にむちゅうになっているひとびとだって、きっと、こちらをふりむかずにはいないだろう。それとも津川先生の鉄砲には、音のしないしかけでもしてあるのだろうか。

いっとき、にとき。――津川先生の顔色はしだいにあからみ、きっと結んだくちびるのはしにつよい決意があらわれた。その津川先生のねらいのさきには、小男が、ゆらりゆらりと、ゆれているのである。

と、このときだった。

「ばか！　なにをする！」

ひくいながらも、するどい声でそうさけんで、うしろから津川先生の腕をおさえたものがあった。鬼丸博士だった。

「あっ、鬼丸博士、なぜとめるんです」

津川先生の顔には、さっとあお白いいかりのほのおが燃えあがった。

「なぜもへちまもあるもんか。つまらんことをして、人に見とがめられたらどうするんだ。早くその鉄砲を下におろせ」

「だって、だって、鬼丸博士、あいつも……あの小男も、きっとわれわれと同じものをねらっているにちがいありませんぜ。とすれば、われわれにとっては敵です。競争者です。ひとりでも競争者をたおしておけば……」

「ばかな、あんな小男になにができる。せいぜいあいつは、軽気球のあとをつけていくくらいがせきのやまだ。それよりも、きょうはまんまとしくじったのだから、いさぎよくかぶとをぬいでかえろう。ぐずぐずしていて、見とがめられちゃアつまらない」

足の悪い津川先生は、まだみれんらしく軽気球のあとを見送っていたが、その軽気球はすでに不忍池をはるか向こうへこえて、ぶらさがった小男も、もう点ほどの大きさにしか見えない。

「チェッ、あなたがとめなきゃア、いまごろは、あいつは、心臓をさされてまっさかさまに、不忍池へ落ちていったのに……」

津川先生はいかにもくやしそうに歯ぎしりした。

それにしても、津川先生のいまのことばは、ちょっとへんではないだろうか。心臓をうたれてというのならわかるが、心臓をさされてというのは、どういうわけだろう。さされてというのは、刃物のばあいにかぎるいい方だ。それでは津川先生の鉄砲からは、刃物がとびだすことになっているのだろうか。

それはさておき、鬼丸博士と津川先生が、清水堂のそばをはなれて、そそくさと上野の山をくだっていくとき、ぬうっとまた、清水堂のかげからあらわれたふたりの人物があった。

いうまでもなく、立花滋と謙三である。ふたりは無言のままうなずきあうと、見えがくれに、鬼丸博士と津川先生のあとをつけはじめた。

それにしても、ふたりをつけていった滋と謙三は、そこにどのようなふしぎなことを発見するのだろうか。そしてまた、どくろの怪人と少年歌手、さてはまた小男をぶらさげた軽気球は、ながれながれて、いったい、どこへ落ちつくのだろう。

さらにまた、博覧会場にただひとりのこった金田一耕助は、どのような奇妙なことを発見するのだろうか。

　こうして事件は、いよいよ怪奇のうずのなかに捲《ま》きこまれていくのであった。

アルミの短刀

　それはさておき、その日の東京中のさわぎといったらなかった。

　それもそのはず軽気球がひとつ、おりからの快晴を、西へ西へと流れていくのだ。しかも、ぶらさがった綱のはしには、だれやら人がとりすがっているではないか。

　それをみると道行くひとびとは、手に汗をにぎって、あれよあれよというさわぎ。それをきいて、家のなかにいる人まで、われもわれもととびだしてきた。こうしてさわぎは、いよいよ大きくなったが、そこへテレビやラジオが、上野の事件を報道したから、さア、東京じゅうは鼎《かなえ》の沸《わ》くような大さわぎ。

「あの軽気球にはどくろの怪人と、少年歌手がのっているんだってさ」

「そして、あの綱のはしにぶらさがっているのは、怪しい小男だって話だぜ」

　と、いたるところで空を見あげて大さわぎ。なかには自転車で追いかけるものもあったが、空とぶものを地上から、追いかけたところではじまらない。まもなくあきらめて、すごすごとひきかえすばかりである。

　警視庁でもすててはおけない。ラジオ・カーや自動車で追いかけたが、軽気球はまるで地上のさわぎを、あざけるように、あるときは空中にぴたりと停止しているかと思うと、やがてまた、ふわりふわりと風にのって、西へ西へと流れていくのだ。まるで、おいでおいでをするように……。

こうして何時間か、空と地上の追っかけっこがつづいたが、そのうちに日がくれて夜ともなれば、もう追跡をつづけるわけにはいかない。軽気球はおりからの、おぼろ月夜の空たかくとうとうゆくえが、わからなくなってしまったのだった。

ああ、それにしても、どくろ面の怪人や少年歌手、さては綱のはしにぶらさがった、小男は、どうなったか。

……それは、しばらくおあずかりにして、ここでは話を、博覧会場にただひとり、とりのこされた金田一耕助のほうへもどすことにしよう。

軽気球がとびさったとき、金田一耕助もしばらくそのゆくえを見まもっていたが、やがてすがたが見えなくなると、いそいで余興場へとってかえした。

と、見れば、いまのさわぎにみんな外へとびだして、あきやのようにがらんとした、余興場の舞台には、ふたつだけ、人のすがたがのこっている。いうまでもなくタンポポ・サーカスの団長と力持ちの男だ。

ヘンリー松村は万力の鉄をだきおこし、

「おい、しっかりしろ、きずは浅いぞ、気をたしかに持ってくれ」

と、いまにも泣きださんばかりである。かみをきれいに左でわけ、八字ひげをぴんとはねあげたところは、いかにもサーカスの団長といったかっこうだが、顔を見ると悪人とはおもわれない。

金田一耕助がそばによってみると、万力の肩には、まだ短刀がつっ立っていた。耕助は、つくづく短刀を見ていたが、なに思ったのか、

「おお！」

と、声をあげると、その声に顔をあげたヘンリー松村。

「ああ、どこのおかたかぞんじませんが、わたしは、くやしくてたまりません。あの怪物が……どくろのような顔をしたばけものが、こんなことをしゃアがったんです」

「いいや、それはちがう」

「ええ、ち、ちがうって……」

「そうです。その人をつきさしたのは、どくろ面の男ではありません」

「な、な、なんですって？」

あきれたようにききかえすヘンリー松村の顔を、金田一耕助はにっこり見ながら、

「ヘンリー松村君、この短刀をよく見たまえ。どくろ面の男がうしろから、万力君をつきさしたものなら、短刀は上から下へむかっていなければならぬはずだ。それだのにこの短刀は、下から上へつきあげてあります」

なるほど、そういわれてみれば、その短刀は刃を上に、柄《つか》を下に、三十度ほどの角度をもって、下から上へつっ立っているのである。

ヘンリー松村は目をまるくして、

「そ、それじゃいったいだれが……」

「だれだか、ぼくにもわかりません。しかし、それがだれにしろ、そいつは舞台の上にいたんじゃない。同じ舞台にいたのでは、とてもこんな角度で、下から上へつきあげるわけにはいきますまい。これはだれか、舞台の下、見物席から……」

「投げつけたというんですか」

「いや、投げつけたとしてもすこしおかしい。それにこの柄、……これはアルミニュームですよ。とても軽くできています。ふしぎだ、どうもぼくにはわからない」

金田一耕助は、ふしぎそうに小首をかしげていたが、ああ、もし、かれが津川先生の、あのきみょうなステッキを知っていたら。……ひょっとするとこの短刀は、津川先生のステッキから、とびだしたのではないだろうか。

三人めの少年

それはさておき、おりからそこへ楽屋の連中が、警察の人たちをつれてかえってきた。

「警官、こいつです。こいつらがさわぎの張本人です」

たぶんそれが楽屋主任なのだろう。タキシードをきた男が、いかりに声をふるわせながらヘンリー松村と万力の鉄を指さした。

それをきいて警官が、バラバラとふたりのそばへよろうとするのを、

「まア、まア、待ってください」

と、おしとめたのは金田一耕助。

「この人たちにはこの人たちで、なにかいいぶんがあるにちがいありません。まア、それからきいてやってください。それから、だれか医者を。……この人は死んでいるのではありません。手当をすればたすかります」

そういう耕助のすがたを見て、

「おや、あなたは金田一さんじゃありませんか」

と、びっくりしたように、人をかきわけ、まえへ進みでた人物があった。耕助もそのひとを見ると、

「ああ、あなたは等々力《とどろき》警部《けいぶ》。それじゃこの事件はあなたのかかりなんですか」

と、いかにもうれしそうに、モジャモジャ頭をかきまわした。

等々力警部といえば、警視庁でも腕ききといわれる名警部である。耕助探偵《たんてい》とはかねてから顔なじみでいままでいっしょに働いたことも、一どや二どではない。そして警部は心の底からこのモジャモジャ頭のへんてこな探偵に敬服しているのである。

「金田一さん、あなたが顔を出しているところをみると、これはよういならぬ事件とみえますな。ひょっとするとこれは、軽井沢の事件に関係があるのじゃ……」

金田一耕助は警部にたのんで、鬼丸博士のゆくえをさがしてもらっていたのだった。

「そうです、そうです。警部さん、そしてここにいるのがいつかお話した、タンポポ・サーカスの団長と力持君ですよ」

等々力警部はそれをきくと、さっと、きんちょうの色をうかべて、

「ああ、これが……おい、だれか医者をよんでこい。それからこのけが人をむこうへつれていって、手当をしろ」

言下に刑事が二、三人、ばらばらとよって万力の鉄を、楽屋へかついでいった。そのあとで、警部は団長のほうへむきなおると、

「ヘンリー松村……とかいったね。きみはどうしてこんなさわぎを起したのだ。いったい、少年歌手を、どうしようというのだ」

ヘンリー松村は口をとがらせ、

「わたしはあの子をとりかえしにきたんです。あれはもと、わたしどものサーカスにいた、鏡三という子なんです。それをこいつらがぬすみだしゃアがったんです」

「ちがいます、ちがいます。それはちがう」

いかりに声をふるわせたのは、タキシードをきた楽屋主任。

「わたしども、タンポポ・サーカスなんて知りません。名まえをきいたこともない。あの子は、ある人のせわで、やとってくれと、ここへやって来たのです」

「あるひとってだれですか」

金田一耕助がたずねた。

「ほら、あのじいさん、軽気球がかりのおじさんです」

「な、な、なんですって？」

金田一耕助はおどろいたように声をあげると、

「だれかいって、軽気球がかりのじいさんをさがしてきてください」

言下に刑事が二、三人、バラバラととびだしていったが、そのときにはもう、あの老人は影も形も見えなかったのである。

ヘンリー松村もこうふんして、

「いいや、あれはやっぱり鏡三だ。だれかのせわで来たにしろ、あれは鏡三にちがいねエ」

「ちがう、ちがう、あれはだいいち、鏡三なんて名まえじゃない」

「それじゃ、なんという名まえなんですか。もしや、剣太郎というのじゃ……」

そうたずねたのは耕助だ。しかし、タキシードの楽屋主任は、それもきっぱりうち消して、

「ちがいます。そんな名まえじゃありません。あれは珠次郎《たまじろう》というのです」

「珠次郎……」

金田一耕助はぼんやり口のうちでつぶやいたが、にわかに大きく目を見はると、

「な、な、なんですって、珠次郎……珠次郎というんですか」

金田一耕助が、こうふんしたときのくせで、がりがり頭をかきまわすのを、等々力警

部はふしぎそうに見まもりながら、

「金田一さん、どうかしたのですか。珠次郎という名に、なにか心あたりがあるんですか」

「警部さん、待ってください。ぼくはなんだか気がくるいそうです」

ああ、なんということだ。剣太郎、珠次郎、鏡三……そして、同じかまえの三つの家。……ああ、ひょっとすると、剣太郎や鏡三のほかに、もうひとり、あのふたりに生きうつしの少年がいるのではあるまいか。

金田一耕助がふかい思いにしずんでいるのを、等々力警部は見まもりながら、

「金田一さん、あなたがなにを考えていられるのか知りませんが、わたしも、これは容易ならぬ事件だと思うのです」

警部の声もきんちょうしている。

「はア、容易ならぬ事件というと……」

「あなたのご注意で、わたしは鬼丸博士の過去をしらべてみました。あいつはあれで、そうとうえらい生理学者なんですよ」

「そのことなら、ぼくも知っています」

「そう、ところであいつの先生というのをごぞんじですか。あいつの先生は、なんと、怪獣男爵なんですよ」

「な、な、なんですって？」

「しかも、その怪獣男爵が、こんどの事件に、関係しているのじゃないかと、思われるふしがあるんです。と、いうよりも鬼丸博士はたんなる手先で、怪獣男爵こそ、この事件の張本人ではないかと思われるのです」

それをきくと、さすがの金田一耕助も、まるでゆうれいにでも出あったように、みるみるまっ青になってしまった。

ああ、それにしても金田一耕助を、かくまでもおそれさせる怪獣男爵とは、いったいどのような怪物だろうか。

それはしばらくおあずかりとしておいて、ここでは鬼丸博士と津川先生を追っかけていった、立花滋と謙三の、その後のなりゆきをお話することにしよう。

鐘楼の怪

中央線の国分寺《こくぶんじ》駅《えき》から、支線にのって二十分。武蔵野《むさしの》の原っぱにある、さびしい駅をおりて、さらに十五分もあるいたところに、ふしぎな洋館がたっている。

赤レンガの古めかしい洋館で、壁いちめんに、つたの葉がおいしげっているところが、いかにもいんきで、気味のわるい感じである。

むろん近所に家とてもなく、ところどころに、雑木林があるばかり。そういう雑木林にかくれるように、その気味わるい洋館はたっているのだ。

さて、上野の博覧会で、あのようなさわぎがあってから数時間のち、日もとっぷりとくれはてた、夜の八時ごろのことだった。雑木林のなかにねそべって、さっきからこの洋館をうかがっている、ふたつの影があった。いうまでもなく、立花滋と謙三である。

「にいさん、たしかにこのうちですね」

「うん、このうちにちがいない。ごらん、屋根の上に、鐘楼のような塔がたっているほかは、軽井沢の洋館と、そっくり同じたてかただからね」

「それにしてもにいさん、ときおりあの鐘楼にあらわれる、人か猿《さる》かわからぬような怪物とはなにものでしょう」

「さア、それはなにかのまちがいじゃないかな。そんな怪物が、世の中にいるはずがないからね」

「でも……」

滋はなにかいいかけたが、急におそろしそうに肩をふるわせると、そのままだまってしまった。

それにしても、滋のいまいった、人か猿か、わからぬような怪物とは、いったい、なんのことだろう。それには、こういう話があるのだった。

上野公園から、鬼丸博士と津川先生をつけてきた、滋と謙三は、とうとうこの付近でふたりのすがたを見うしなってしまったのだ。そこで武蔵野の原っぱを、あてもなくあるいているうちに、はからずもぶつかったのが、あの洋館である。

もうそのころは、日もとっぷりとくれはてて、おぼろの月が空に出ていたが、その月明かりで洋館を見たとき、ふたりはあっとさけんで立ちどまったのだった。さっきもいったとおり、その洋館は屋根の上に、鐘楼がついている以外は、なにからなにまで、軽井沢の三軒の家と、そっくり同じたてかたなのである。

「にいさん、ここですね」

「ふん、たしかに、ここへはいったにちがいない」

そこでふたりはこっそりと、洋館のまわりをあるいてみたが、この洋館は三方をふかい雑木林でとりかこまれているうえに、周囲には、高いレンガべい、正面にはがんじょうな鉄柵《てっさく》の門に、がっちりと錠がおりていて、とりつくしまがない。ふたりはしばらく、この家のまわりをうろついていたが、急に思いついて、駅の近所までとってかえすと、タバコ屋のおばさんをつかまえて、洋館のことをきいてみた。

「ああ、あの洋館……」

タバコ屋のおばさんは、ふたりが洋館のことをたずねると、急に顔色をかえて、

「あなたがたが、なぜ、あの洋館のことをおたずねになるのか知りませんが、あれはじつに気味のわるい家ですよ」

そういって、おばさんが話してくれたところによるとこうなのである。

あの洋館はながいこと、あきやになっていて、このへんのひとたちは、ゆうれい屋敷とよんでいた。そして、だれひとり、そばへ近よるものもなかったが、近ごろその洋館

に、ときどき、へんなことがあるというのである。

「それを、いちばんはじめに見たのは、この近所のお百姓でしたが、夜おそく、あの家のそばをとおると、ほら、あの家の屋根の上に、鐘つき堂みたいなものがあるでしょう。そのお堂の屋根の上に、へんなものがとまっていたというのです」

「へんなものというと……？」

「それがねえ、はじめはなんだかわからなかったそうです。ところが、その晩は月がよかったものだから、雑木林のかげにかくれて、じっと見ていたところが、そいつがお堂の屋根へ、のぼったりおりたりするんだそうで。……それがまた、いかにもたのしそうなので、いよいよへんに思ってみていると、やがて、そいつが月の光の正面にきたので、はっきりすがたが見えたのですが、そのとたん、見ていたお百姓は、それこそ、腰をぬかさんばかりに、びっくりぎょうてんしたそうです」

「そいつはいったい、なんだったんですか」

「それがねえ、人とも猿とも、えたいのしれない怪物なんです。いいえ、こんなことをいってもあなたがたは、信用なさらないかも知れませんが、そういう怪物を見たのは、そのひとだけではないのです。そして、そういう怪物が、あの鐘つき堂にあらわれる晩には、きまって、近所じゅうの犬が、気ちがいのように、なきたてるんですよ。ほんとに気味のわるい洋館です。近く警察のひとにたのんで、なかを調べてもらおうということになっています」

おばさんはそういって、いかにも気味のわるそうに、ブルブルからだをふるわせた。

怪物と猛犬

あとから思えば滋と謙三は、この話をきいて、すぐに東京へひきかえせばよかったのである。

そして、金田一耕助や等々力警部に、いまの話を報告すれば、これからお話するような、世にもおそろしいめに合わずにすんだにちがいない。

しかし、ふたりはそのはんたいに、タバコ屋のおばさんの話から、はげしい好奇心にかりたてられた。

人か猿かわからぬ怪物——。

はたして、そのようなものがいるのだろうか。いるとしても、そいつは鬼丸博士や津川先生と、いったい、どういう関係があるのだろう。滋と謙三は、どうしてもそれを見とどけずにはいられなかった。

そこで、タバコ屋のおばさんが、とめるのもきかないで、ふたたび、あの洋館のほとりへとってかえしたのだ。

時刻はまさに八時半。謙三は、ふいにむっくりと雑木林の草のなかから起きあがった。

「滋君、いつまでも、こうして待っていてもしかたがないよ。思いきって、あの家のなかへ、しのびこんでみようじゃないか」

「でも、にいさん、どうしてなかへはいるの」

「へいをのりこえるのだ。どこかに、のりこえられるような場所があるにちがいない」

滋はちょっとためらったが、すぐ謙三に同意した。じっさい、ここでいつまで待っていてもきりがない。

だいいち今夜、人か猿かというような、怪物があらわれるかどうかわからないのである。そこでふたりは、雑木林から外へはいだしたが、そのときだった。

どこか遠くのほうで、自動車のとまる音がきこえたかと思うと、やがて、あちこちでものすごい犬のなき声がはじまった。

滋と謙三は、思わずはっと顔を見あわせる。

夜がふけて、犬の遠ぼえをきくほど、さびしくもまた、気味のわるいものはない。ましてやここは人里はなれた武蔵野の原。それも一ぴきや二ひきではなく、何十ぴきという犬が、あちこちからいっせいにほえはじめたのだから、そのものすごいことといったらなかった。

「にいさん。もしや、あの怪物が……」

さっきのおばさんの話を思いだして、滋はガチガチと歯をならしてふるえている。と、そのときだった。雑木林のむこうから、だれかこちらへ走ってくる足音がきこえた。それにつづいて、あとを追うような犬のほえ声。あちこちからきこえてくる、犬の遠ぼえは、いよいよ、はげしくなってきた。

「滋君、こちらへきたまえ」

謙三は、いきなり、滋の手をとって走りだした。

雑木林をまがったところに、小さな辻堂《つじどう》があり、辻堂にはキツネ格子がはまっている。そして、その軒下には、ほのぐらい電燈がひとつついているのだ。

謙三は格子をひらいて、お堂のなかへ滋をひっぱりこんだが、そのとたん、雑木林のかどをまがって、ふたつの影がもつれるように、お堂の前へとんできたのだ。

それは人と犬だった。だが、その人というのが、なんという、きみょうななりをしていたことだろうか。

その人はシルクハットにタキシードをきて、上にマントをはおっていた。そして、手には太いステッキをもっているのである。

その人は、ころげるように、お堂の前にさしかかったが、そのとたん、子うしほどもあろうかと思われる猛犬が、きばをならしてさっとうしろからとびついた。

「あっ！」

滋は格子のなかで、思わず目をつむったが、すぐつぎのしゅんかん、おそるおそる、その目をひらいてみると、人と犬とが組みあったまま、土の上をころげまわっているのだ。

「ウォーッ！」

ものすごい猛犬のうなり声。

それにつづいて人間のほうも、いかりにみちたさけび声をあげたが、その声をきいたとたん、滋は、全身の毛という毛が、ことごとく、さか立つような気味わるさを感じないではいられなかった。

それは、人ともけものとも、わけのわからぬ声だった。

「ウォーッ！」

ふたたび猛犬がうなった。それにつづいてさっきより、いちだんといかりにみちた人のさけび声がきこえたが、そのとたん、

「キャーン！」

と、世にもかなしげな声をあげると猛犬は、はげしく足をふるわせ、やがて、がっくり動かなくなってしまった。

あやしい人は口のなかで、なにやらはげしくつぶやきながらヨロヨロと土の上から起きなおったが、そのとたん、滋は、頭から、冷水をあびせられたようなおそろしさを感じた。

ああ、それはなんという、気味のわるい怪物だったであろうか。

そいつはたしかに、人間にはちがいないのだ。しかし人間にしてはおそろしく手がながく、足が、わにのようにまがっているところが、ゴリラにそっくりそのままだった。

いやいや、ゴリラににているのは、からだだけではない。落ちくぼんだ目、ながい鼻

の下、さてはあごのかたちまで、ゴリラの顔をしているのだ。むろん、ゴリラほど毛ぶかくはないのだが……。

あやしいゴリラ男は、シルクハットをとってかぶりなおすと、ステッキをひろいあげ、それで二つ三つ、世にもにくらしそうに猛犬の死体をぶんなぐると、やがて、ヨタヨタ、洋館のほうへ歩いていった。ゴリラそっくりのあるきかたで……。

そのとき、またもやあちこちで、ものすさまじい犬の遠ぼえ。

滋も謙三も、全身からたきのように、汗の流れるのを感じながら、まるで石になったように、しばらくお堂のなかに立ちすくんだままだった。

マリアさまの像

滋と謙三は、しばらくお堂のなかで立ちすくんでいたが、やがてほっとわれにかえると、たがいにうなずきあいながら、そっとお堂の中から外に出た。

見ると足もとに、猛犬の死体がころがっていたが、それを見るとふたりはまるで、冷水でもあびせられたようにゾッとした。ああ、なんと、猛犬は、もののみごとに、口をひきさかれているではないか。

「に、にいさん」

「おそろしいやつだ。ものすごいやつだ。この犬をひきさくなんて、なんという怪力だろう」

「にいさん、かえりましょう。かえって金田一先生に、この話をしましょう」

「うん、それもいいが、せっかくここまで来たのだから、もう少しようすを見とどけていこう。それとも滋君、きみはこわいのか」

「いいえ、にいさん。にいさんがいくというなら、ぼくもいきます」

「よし、それじゃ来たまえ」

辻堂の前をはなれて、雑木林をもういちど曲がると、あやしい洋館の正門がみえる。

「にいさん、怪物はあの門からはいっていったのでしょうか」

「いいや、そうじゃあるまい。あの門をひらけば、辻堂まで音がきこえるはずだ。きっとほかに入口があるにちがいない」

ふたりは洋館の側面へまわったが、そのときむこうから聞こえてきたのはかるい足音。それを聞くとふたりはギョッとして、またかたわらの雑木林へとびこんだ。

足音はだんだんこちらへ近づいてくる。

そしてまもなく、ひとつの影が、つと鼻さきへあらわれたが、そのすがたを見たとたん、ふたりはまたもや、あっといきをのんだのである。

なんと、それは子供ほどの背たけのあの小男ではないか。

それではひるま、軽気球にぶらさがっていった小男は、この近くへおりたのだろうか。いやいや、そんなはずはない。軽気球がおりたのなら、だれか気がつくはずだ。それに同じ小男でも、さっきの小男とは、どこかちがうところがある。

それはさておき、小男はくわをかついで、スタスタと辻堂のほうへいったがやがてひきずってきたのは犬の死体である。小男はふたりがかくれているとはゆめにも知らずすぐ鼻さきへ大きな穴を掘り、そこへ犬の死体をうめると、そのまま、スタスタと、いま来た道をひきかえしていった。

わかった、わかった。小男はさっきの怪物の命令で、犬の死体をうずめにきたにちがいない。

と、すれば、そのあとをつけていけば、洋館の入口がわかるのではないだろうか。

ふたりはそっと雑木林からはいだすと、木陰づたいに小男のあとをつけた。小男はへいにそって、スタスタ歩いていたが、やがて、つと立ちどまって、すばやくあたりを見まわしたかと思うと、あっというまもなかった。そのすがたは、へいの中にすいこまれるように、かき消えてしまったのである。

滋と謙三は、びっくりして顔を見あわせていたが、やがてこわごわ、小男の消えたあたりへ近づいて見ると、ちょうどそこには、厚いレンガべいにアーチ形のくぼみがあって、そのくぼみの中に、マリアさまの像が安置してあるではないか。

「わかった、わかった。このマリアさまがくせものなのだ。これがなにかのしかけになっているにちがいない」

謙三は、マリアさまの台座にあがり、像のあちこちをさぐっていたが、そのうちに、ふたりの口からいっせいに、あっというさけびがもれた。

それもむりではない。マリアさまの台座が、謙三をのせたまま、まわり舞台のように、くるりとむこうへ回転した。と、同時に滋の前にあらわれたのは、さっきと寸分ちがわぬ、マリアさまの像ではないか。

「にいさん、にいさん、謙三にいさん」

滋はびっくりして、小声で呼んだ。

「おお、滋君」

へいのむこうから、これまたびっくりしたような、謙三の声が聞こえた。

「にいさん、だいじょうぶですか」

「だいじょうぶだ。滋君、このマリアさまが、ぬけ穴の入口になっているのだ」

「にいさん、こっちにもマリアさまの像があります」

「なるほど、それじゃまわり舞台の両側に、マリアさまの像があるのだな。滋君、台座の上へあがって、マリアさまのせなかにある、小さないぼをおしてみたまえ」

滋はいわれたとおりにしたが、するとマリアさまの像が、またもやくるりと回転して、滋もへいの中へすいこまれてしまったのである。

怪物と鬼丸博士

こうしてふたりはしゅびよく、へいの内がわへしのびこむことができたが、見るとそこは洋館のうらてにあたっており、むこうに勝手口のドアが見える。窓はみんなしまっているので、中から見られる心配はない。ふたりは犬のように四つんばいになって、するすると、ドアのほうへはいった。

さいわい、鍵《かぎ》がかかっていなかったのか、ドアはなんなく開いた。ふたりはうなずきあいながら、そっと中へすべりこんだ。

ドアの中は台所だった。むろん、電気はついてないが、どこからか光がさしてくるとみえてほんのりと明かるいのだ。そのうす明りで見まわすと、そこは軽井沢の家と、そっくり同じ作りではないか。

謙三は、しめたとばかり喜んだ。

この家も、軽井沢の三軒と同じつくりだとすれば、滋や謙三は、手にとるように間取りがわかるのである。

台所のとなりは食堂で、食堂とろうかをへだてて居間があるはず。そしてその居間の横に、二階へあがる階段があるはずだった。

滋と謙三は、となりの食堂へはいったが、はたしてむこうに、居間のドアが見えた。ドアはぴったりしまっていたが、その上にあるらんまから、光がもれているのだ。しかも、居間の中から、話し声がきこえるではないか。

滋と謙三は、ギョッと顔を見あわせたが、やがて謙三は、滋の手をひいて、居間の横にある階段のほうへいった。その階段を半分ほどのぼると、左のかべに、小さい回転窓がある。そこからのぞくと、居間の中がひとめで見わたせることを、謙三は、軽井沢の家で知っていたのだ。

さいわい窓はあいていた。ふたりはそっと居間をのぞいたが、そのとたん、思わずいきをのんだのである。

煖炉《だんろ》を背にして、いすに腰をおろしているのは、まぎれもなく鬼丸博士だったが、どうしたものかその顔には、なんともいえぬおそろしそうな色がうかび、ひたいには汗がびっしょり、おまけにガタガタふるえている。それをとりまくようにして、腰をおろしているのは、さっきの怪物とあの小男、さらにもうひとりは、足の悪い津川先生。その場のようすから見ると、鬼丸博士は三人から、取りしらべをうけているようなかっこうだった。

怪物は鬼丸博士のほうへのりだすようにして、なにやら、するどい声で詰問《きつもん》していたが、やがていすからとびあがると、両手をあげて、いまにも、とびかかりそうな形をした。

鬼丸博士は恐怖の色をいっぱいうかべ、

「いいえ、男爵、それはちがいます。それは誤解です。わたしはなにも知りません」

と、金切り声でさけんだ。

滋と謙三は、思わず顔を見あわせた。

男爵とはいったいなんだろう。いまの世に男爵などあろうはずがないではないか……。

ああ、しかし、滋も謙三も知らなかったのだ。あのきみの悪いゴリラ男こそ、さっき金田一耕助が、等々力警部からひとことその名を聞くや、まっ青になった、怪獣男爵とやらではないだろうか。

「いいや、知らぬとはいわさぬ。知らぬなどとはいわさぬぞよ」

怪物はじだんだふむようなかっこうでいったが、ああ、その声の気味わるさ。まるでオオカミの遠ぼえのような声なのである。

「きさまは長いこと、剣太郎といっしょに住んでいたのだ。それだのに――それだのに、あの秘密に気がつかぬというはずはない」

ギリギリとおく歯をかみならす音。

滋と謙三は、ゾッとするようなおそろしさを感じながらも、いよいよ熱心にきき耳を立てた。怪物の口から剣太郎の名が出たからである。

「わしはな、剣太郎が鍵《かぎ》をもっておらぬはずはないと思うたで、きょうもあの子のところへいって、はだかにしてからだじゅうをしらべてみた。すると、左の腕のつけねに、ちかごろ切開したようなあとがあるではないか。剣太郎は剛情《ごうじょう》だから、どんなにきいてもその傷口のことを白状しおらぬ。ところがいま津川にきくと、剣太郎の左の腕のつけねには、小さいときからおできがあったという。津川はしかしそのおできを、いつ切開したのか知らぬという。これ、鬼丸博士、きさまがそれを知らぬはずはあるまい。おできを切開したのはきさまにちがいない。おまえはあのおできの中から、いったいなにをとり出したのじゃ」

「知りません、男爵、わたしはなにも……」

「ええい、まだしらばくれるのか」

怪物はじだんだふんで、

「きさまはおできを切開して、そこから鍵をとりだしたにちがいない。その鍵はどこにある。出せ、鬼丸博士、その鍵をここへ出せ」

鍵ときいて滋は、思わず、うわぎの上から、はだにかけた守袋をおさえた。その鍵なら滋の守袋の中にあるのである。

「男爵、ほんとにわたしはなにも知らんのです。おできの中に鍵がかくしてあったなんて……」

「そんなばかなことはないというのか。よしよし、いまにしょうこを見せてやろう」

怪物は気味わるくせせらわらって、

「鏡三の左の腕のつけねにも、大きなおできがある。あの中にも鍵がかくしてあるにちがいないのじゃ。いままでそれに気がつかなんだ。おれはなんというばかだろう。音《おと》丸《まる》！」

「はい」

と、小男がうやうやしく立ちあがった。

「鏡三をここへつれてこい。鬼丸の目の前で、あのおできを切開して、鍵を取りだしてみせてやるのだ」

滋と謙三は、またはっと顔を見あわせた。鏡三ははたしてここにいたのである。

人間の丸太ン棒

小男がへやから出てくるようすに、滋と謙三はあわてた。ふたりはいそいで階段をかけのぼると、ぴたりとろうかに腹ばいになったが、さいわい小男は二階へくるようすはなく、階段の下を横ぎって、ホールへはいっていった。そして、まもなく肩にかついで出てきたのは、なにやらふとい丸太ン棒のようなものである。

小男が居間へかえっていくのを見て、滋と謙三は、ふたたび階段をおり、回転窓から中をのぞいたが、ちょうどそのとき小男が、丸太ン棒を肩にかついで、ドアから中へはいってきた。

小男は丸太ン棒を肩からおろして、怪物の前に立たせたが、そのとたん、滋と謙三は、天地がひっくりかえるほどおどろいたのだ。ああ、なんということだろう。

丸太ン棒と見えたのは人間だった。

人間の足から肩のあたりまで、長い綱でぎっちりと、すきまもなく、ぐるぐるまきにしてあるのだ。綱のはしから出ているのは、首から上とはだしの足だけ。しかも、口にはげんじゅうに、さるぐつわをはめてあるので、顔もよくわからない。

「音丸、綱をといてやれ」

怪物の命令一下、小男は丸太ン棒のまわりをまわりはじめた。くるくる、くるくる、こまねずみのように走りまわるにしたがって、丸太ン棒のいましめが、足のほうからとけていった。小男はその綱を、腕にまいて輪をつくりながら、なおもくるくるくるくる、走りまわる。

怪物は鬼丸博士のほうをふりかえって、

「これよ、鬼丸次郎」

と、あいかわらず気味のわるい声だった。

「きさまのような不埒《ふらち》なやつはないぞ。きょうもきょうとて、珠次郎をうばってこいと命じておいたのに、まんまとしくじりおって……それのみならず、軽気球にブラさがった小男を、津川がうち殺そうとしたのを、きさまがとめたというではないか」

「男爵……」

鬼丸博士はなにかいおうとした。しかし、あまりのおそろしさに口がきけないのだ。ただ、ガタガタとふるえるばかり。

「いいや、きかぬぞ。いいわけはきかぬぞ。きさまはおれの敵か味方か。味方ならばおれがどんなに、剣太郎、珠次郎、鏡三の三つ子をさがしているか知っているはずだ」

三つ子ときいて滋と謙三は、また天地がひっくりかえるほどおどろいた。

ああ、そうだったのか。剣太郎と鏡三は、ふた子ではなかったのか。ふたりのほかにもうひとり、珠次郎という兄弟があって、三人は三つ子だったのか。……滋と謙三はこうふんのためにふるえている。

「これ、鬼丸次郎」

怪物がまた気味のわるい声でうなった。

「おれがなんのために、三つ子をさがしているのか、きさまもよく知っているはずだ。三つ子のおやじの鬼丸太郎は、十年まえにアメリカから、百万円の金塊を持ってかえって、どこかへかくした。よいか。十年まえの百万円だぞ。金の相場のあがったいまでは、何億というしろものだ。おれはそれがほしいのだ。何億という財産を手にいれたいのだ」

怪物はゴリラのように背をまるくして、のそりのそりと部屋の中を歩きまわりながら、

「ところが鬼丸太郎はその金塊を、はなれ小島の大迷宮の中にかくしおった。おれはやっとその島と大迷宮のありかをさがしあてたが、大迷宮の入口は、大きな岩でとざされている。どうしても中へはいることができんのじゃ。それで、岩を爆破するのはなんでもない。しかし、そうすると大金塊が、こっぱみじんとなって、ふっとぶかもしれんのじゃ。だから、なんとかしておだやかに、岩をひらかねばならんのだが、それには鍵がいる。鍵は三つで、鬼丸太郎は三つの鍵を一つずつ、三つ子のからだの中にかくしておいたのじゃ。これよ、鬼丸次郎、きさまはまえからそのことを、知っていたのであろう」

「と、とんでもない、男爵！」

鬼丸博士はガタガタふるえている。

滋と謙三は、また顔を見あわせた。

ああ、なんというふしぎな話だ。

何億円というねうちのある大金塊。それをかくした大迷宮。迷宮の扉《とびら》をひらく三つの鍵。その鍵をひとつずつ、からだの中にぬいこめられた三つ子の兄弟。世に、これほどふしぎなこれほど奇怪な話がまたとあろうか。しかも、その財宝をねらっているのは、たとえようもないほどおそろしい怪物なのである。

滋と謙三が、こうふんのためにガタガタふるえたのも、むりではなかった。

と、このときだった。こまねずみのような小男の運動がおわったかと思うと、丸太ン棒の綱はすっかりとけて、その下からあらわれたのは、まぎれもない、ブランコのりの鏡三ではないか。

それをみると謙三は、滋になにやらささやき、ふたりは階段をおりていった。そしていったん台所へ出ると、そこのドアをひらいておいて、謙三ひとりだけ、そっと居間へとってかえした。

「ふふふ」

ドアに耳をあてがうと、怪物の気味のわるい笑い声がきこえる。

「これじゃ、このおできじゃ。この中に鍵がかくしてあるのじゃ。これよ、鏡三、いたかろうがしんぼうしろよ。いま切開してやるぞ」

ああ、なんということだ。怪物は薬もつかわずに、手術をしようとしているのである。

「おじさん、かんにんしてください。かんにんしてください」

泣きさけぶ鏡三の声。

「これ、しずかにせんか。あばれちゃいかん。音丸、津川、こいつをおさえつけていてくれ」

「おじさん、おじさん、かんにんして……」

バタバタと居間の中をにげまわる音。そのときだった。謙三がドアに口をあてて、大声でさけんだのは……。

「にげろ、鏡三君、にげろ！」

さけんでおいて謙三は、大急ぎで台所へとってかえすと、そこにある電気のスイッチを切ったからたまらない。家の中はまっくらがり。……

鏡三の綱わたり

「滋君、にげろ、大急ぎだ」

謙三がマリアさまの像のところまで走ってくると、そこには滋がさきに来て待っていた。

滋はすぐに台座の上へあがって、マリアさまのせなかにある、小さいいぼをおした。

台座はくるりと回転して、滋はへいの外へころがり出た。それにつづいて謙三も、中からとび出してきた。

ふたりはすぐに雑木林へかけこむと、しげみの中に身をかくした。

それにしても、家の中ではどんなことがおこったのだろうか。耳をすましてきいていると、怪物のいかりにみちたうなり声が、あらあらしく、家の中をかけめぐっている。それにつづいていっせいに、遠くのほうで犬がほえはじめた。

それを聞くと怪物は、いよいよ逆上したのか、たけりくるったように、うなり、さけび、ドンドンと、ものをぶっこわすような音。ひょっとすると怪物がいかりくるって、そこらじゅうのものを投げつづけているのではあるまいか。

それにしても鏡三はどうしたか。ぶじにあの部屋から逃げだしたか。……

滋と謙三が、雑木林の中で、手に汗をにぎって気をもんでいると、家の中をかけめぐっていた怪物のうなり声が、しだいに高いところへのぼっていった。どうやら、うなり、さけび、たけりくるいながら、階段をのぼっていくらしいのだ。

滋と謙三は、はっとして、屋上にある鐘楼を見あげたが、そのときだった。鐘楼へのぼるらせん形の階段を、猿《さる》のようにスルスルとのぼっていくものがあった。鏡三だった。鏡三はらせん階段をのぼりきって、ぶじに鐘楼へたどりつくと、やにわに、つり鐘をたたきだしたからたまらない。

ジャン、ジャン、ジャン！

おぼろにかすむ春の夜空をついて、けたたましい鐘の音。

ジャン、ジャン、ジャン！

それをきくと怪物が、またものすごい声をあげた。それにつづいてあちこちから、何十、何百という犬が、ものにくるったようにほえくるう声。

「あっ、いけない、に、にいさん」

滋が思わず謙三の腕をつかんだ。

それもむりではない。鐘楼の下のらせん階段へ、ぬっとすがたをあらわしたのは、まぎれもなく怪物ではないか。

あぶない、あぶない。鏡三はもうどこにも、にげる場所はない。下からあの怪物が一歩一歩近づいてくる。怪物のうしろには、小男の音丸と、足の悪い津川先生もついてくる。

ジャン、ジャン、ジャン！

必死となって鐘をついていた鏡三は、それを見ると、もうこれまでと思ったのか、いきなり、鐘楼のひさしにとびあがったのだ。

さすがはサーカスの人気者だけあって、その身のかるいことはおどろくばかり。

鐘楼の屋根には避雷針《ひらいしん》が立っている。

鏡三はそれにとりつくと、左の腕にとおしていたものをはずした。

ああ、それこそさっき鏡三をぐるぐるまきにしていた綱ではないか。

おそらく、くらやみのさわぎにまぎれて、その綱を、小男からうばいとってきたのにちがいない。

鏡三は綱のはしをながくのばすと、右手でくるくるちゅうにふっている。わかった、わかった。鏡三はアメリカのカウ・ボーイなどがよくやるように、投げなわのようりょうでその綱のはしを、向こうに見える、杉《すぎ》の大木のこずえにからみつかせようとしているのである。

怪物はいま、ものすごいうなりをあげて、鐘楼までたどりついた。この怪物も、人か猿かといわれるほど、身がかるいのだ。

怪物も鐘楼のひさしに手をかけた。

ああ、あぶない、あぶない、怪物が屋根へのぼってきたら……。

だが、そのとき、綱のはしは鏡三の手をはなれて、一本のぼうのように、春の夜空をとんだ。

バサッ！　綱のはしはもののみごとに杉のこずえにからみついた。

鏡三は二、三度、綱をひいて強さをためしていたが、やがて、だいじょうぶと思ったのか手にのこった綱のはしを、避雷針にむすびつけると、やにわに、綱にりょうてをかけてするするする――。

ああ、なんというはなれわざ、なんという大曲芸！

「鏡三君、しっかり！」

滋と謙三は、危険もわすれてさけんだ。

しかし、いやいや、もう危険はなかったのである。なぜといって、鏡三のうちならす鐘におどろいて家をとびだした村のひとびとが、手に手にこん棒、すき、くわなどをひっさげて、むこうのほうからやってきたからだった。先頭には警官も立っている。

怪物はいま鐘楼の屋根へあがった。そしてはるかに、村のひとびとを見おろすと、

「ウオッ！」

と、いかりにみちたさけびをあげ、それから鐘楼にいる津川先生に命じた。

「うて！　津川、あいつをうち殺せ！」

言下に津川先生が、手にしたふしぎな杖を身がまえた。

鏡三はいま、鐘楼と杉の木のなかばまで来た。

津川先生はキッとそれにねらいをつけると、やがて、音もなく一本の短刀が月下に銀色の線をえがいて、さっと鏡三少年のほうへとんでいった。

怪屋包囲

「あっ、あぶない！」

さっきから、手に汗をにぎってようすを見ていた、滋と謙三のくちびるから、いっせいにそういうさけびがもれた。

しかし、さいわいその短刀は、ねらいがそれたか、鏡三のほおをかすめて、はるか向こうへとんでいく。鐘楼の上では、怪物のいかりにみちたさけび声。津川先生はまた、あわててふしぎな銃をとりなおした。

「鏡三君、はやく、はやく！」

いつの間にか滋も謙三も、雑木林の中からとびだし、やっきとなっての声援である。

鏡三はすでに半分以上も綱をわたって、からだはへいの外へ出ていた。

津川先生はキッとねらいを定めると、やがてまた一本の短刀を矢のように飛ばしたが、こんどはみごと命中したのか、

「あっ！」

と、さけぶと、鏡三は、十数メートルの上空から、もんどりうって……。

「しまった！」

滋と謙三は思わず目をおおったが、つぎのしゅんかん、こわごわ目をひらいてみると、こはそもいかに、鏡三の姿はどこにも見あたらない。ふしぎに思ってきょろきょろと、あたりを見まわしていると、

「ああ、あなた、ここです、ここです」

と、頭の上から人の声。

はっとして、上をあおぐと、鏡三は、よいあんばいに、そこにある、杉の大木の枝につかまっているのだった。

「あっ、きみ、だいじょうぶですか」

「やられました。肩を……でも、だいじょうぶです。いま、そこへおりていきます」

さすがにサーカスそだちだけあって、身がるなもので、鏡三はスルスルと、杉の大木をつたっておりてきたが、それを見ると怪物は、いかりにみちた声をはりあげ、ひと声たかくさけんだと思うと、そのまま、逃げるように鐘楼からおりていった。

鏡三はヨロヨロと、滋や謙三のほうへ近よってくると、

「ああ、あなたがたですね。さっき電気を消して、逃げろといってくださったのは……」

「そうです、そうです。しかし、そんなことはどうでもよい。それよりけがは……」

「なアに、これしきのこと……」

鏡三は歯をくいしばって強がりをいったが、その顔は血のけもなくてまっ青である。

見れば左の肩に短刀がつっ立っていて、山鳥の尾のようにふるえている。あぶない、あぶない、その短刀がもう三センチ、下へさがっていたら、鏡三はすでに命のないところだった。

「きみ、きみ、しっかりしたまえ。村の人がやってきたから、お医者さんのところをきいてみましょう。それまでしんぼうができますか」

「できますとも。あのおそろしい怪物のことを考えれば、どんなしんぼうだってできま

す。あなたがたは、ぼくにとって命の大恩人です」

そのことからしても、鏡三がいままで、どんなおそろしいめにあっていたかわかろうというものだった。

それはさておき、そこへ警官を先頭にたて、おおぜいの人がかけつけてきた。警官は、滋たちの声を聞くと、バラバラとそばへかけよってきて、

「どうした、どうした。きみたちは、ここでなにをしているんだ。あっ、この子はけがをしてるじゃないか」

そこで謙三が、手みじかにわけを話すと、さいわいかけつけてきた人のなかには、医者もまじっていた。

「それじゃ、前田《まえだ》先生、この子をよろしくおねがいします」

警官は鏡三を、医者の手にひきわたすと、滋たちのほうへ向きなおって、

「この一軒家については、近ごろ、いろいろあやしいうわさを聞くので、いちどしらべてみようと思っていたところだが、それじゃ、さっき鐘楼にいたやつが、その怪物なんだね」

「そうです。そうです。おそろしいやつです。おまわりさん、一刻も早くつかまえてください」

「なに、だいじょうぶだ。逃げようたって逃げられるもんか。この家はいま、村の人たちが包囲しているんだ。ところで、きみたちのいう秘密の通路というのはどれかね」

滋と謙三が、マリアさまの像をおしえると、

「よし、それじゃここから逃げださぬよう、だれか見はりをしていたまえ。君たち、それじゃさっき手はずをきめたとおり、老人や子どもはへいの外で見はっていること。それから、わかいものはおれについてくる。わかったね」

「わかりました」

「おまわりさん、ぼくたちも行きます」

滋と謙三がさけんだ。

「よし、それじゃついて来たまえ。おい、だれか肩車を……」

言下に青年たちが、へいに向かって人ばしごをつくった。それをつたって警官を先頭に、滋や謙三、さらに青年たちが、われもわれもと、勇ましくときの声をあげながら、へいをのりこえていった。

鬼丸博士の死

その夜のきんちょうした光景を、滋はいつまでも、忘れることができなかったろう。

こうして、へいの中は青年たちのふりかざす、懐中電燈やたいまつの光でみたされた。へいの外には老人たちが、これまた、たいまつや懐中電燈をふりかざして、げんじゅうに見はりをしているのだ。

警官は青年たちを二組にわけ、一組は見はりとして、家の外にのこしておき、あとの一組をひきつれて、勝手口から中へはいっていった。滋や謙三が、案内にたったことはいうまでもない。

家の中は墓場のように、シーンとしずまりかえっている。滋と謙三は、あたりに気をくばりながら、台所から食堂をぬけ、居間のまえまでくると、そっとドアをひらいてみたが部屋の中はもぬけのから。

「だれもおらんじゃないか」

「きっと二階にかくれているんですよ」

二階へあがるまえに、ホールをのぞいてみたが、そこもやっぱりもぬけのから。一同は二階から、鐘楼まで調べてみたが、どこにもあやしいすがたは見あたらないのだ。

「へんだなア。逃げだすはずはないんだが」

「おまわりさん。もう一ど手わけして、すみからすみまで、調べてみようじゃありませんか」

謙三のことばにしたがい、一同を三組にわけて、上から下まで、すみからすみまで、調べてまわったが、あの怪物はおろか、鬼丸博士、津川先生も、小男の音丸も、まるで、すがたが見えないのだ。

一同は階段の下に集まって、ぼうぜんとして顔を見あわせた。

「へんだなア、木村《きむら》さん、どうしたんでしょう」

青年のひとりが気味わるそうにつぶやいた。この警官は木村というのだ。

「おかしいな。ひょっとするとこの家には、どこかに、抜け穴があるのじゃないかな」

木村巡査のことばをきくと、滋と謙三が、はっと顔を見あわせた。

「そうです、そうです。それにちがいありません。それでなかったら鐘楼の上から、村の人たちがおしよせてくるのを見ながら、あんなにおちついているはずがありません」

「そうだ、そうだ。そしてその抜け穴は、あのホールにあるにちがいない。おまわりさん、来てください」

滋と謙三が、さきに立ってホールへかけこんだ。そのホールも軽井沢の三軒とそっくり同じつくりである。滋はホールのすみの、床の間のようにくぼんだところへ走りよると、壁をなでまわしたが、

「あ、あった」

と、さぐりあててボタンをおすと、果せるかな、目のまえの壁が、スルスルと左へひらいて、そこにあらわれたのはまっくらな抜け穴の口。

「あ、これは……きみたちはどうしてこれを知っているんだ」

「そんなことより、怪物はここから逃げたにちがいない。中へはいってみましょう」

さすがに木村巡査も気味わるがって、ちょっとためらっていたが、

「よし、それじゃぼくがさきにはいりましょう。だれか懐中電燈をかしてください」

謙三にそういわれると、はっと勇気をとりもどした。

「いや、わたしがさきにはいろう。きみたちもあとから来てくれたまえ」

木村巡査が中へはいると、すぐそのあとから滋と謙三、さらにそのあとから、青年たちがつづいた。

この抜け穴も軽井沢のとまったく同じで、階段をくだると、また横穴を用心ぶかく、はうようにして進んでいくと、三百メートルほどして、横穴はいきづまりになっており、そこにまた、上へのぼる階段がついている。

木村巡査は用心ぶかく、懐中電燈で階段をしらべていたが、ふいに、わっとさけんでとびのくと、

「だ、だれだっ、そこにいるのは……」

「な、なんですって？　だれかいるんですか」

木村巡査の声におどろき、青年たちがいっせいに、懐中電燈の光を向けると、なるほど、まっくらな階段のとちゅうに、だれやら人が、こちらを向いて腰をかけている。

「あ、鬼丸博士だ！」

滋と謙三は、思わずいきをはずませた。

いかにもそれは鬼丸博士。

しかし、いったいこれはどうしたのか。鬼丸博士は、五、六本の懐中電燈の光を身にあびながら、泰然《たいぜん》として腰をおろしているのである。

「おい、きみ、こっちへおりて来い」

木村巡査がさけんだが、しかしそれでも鬼丸博士は、あいかわらず泰然として、身動きはおろか、まばたきひとつしないのだ。ああ、その気味のわるいことといったら！

たまりかねて木村巡査は、ピストルを出しておどしのために、一発ぶっぱなしたが、そのとたん鬼丸博士のからだが、ぐらりとまえにかたむいたかと思うと、頭のほうからまっさかさまに、階段をころがりおちてきた。

あっと、さけんで一同は、思わず左右にとびのいた。鬼丸博士は階段を、下までころがりおちると、そのまま動かなくなった。

「木村さん、あなた、このひとをピストルで……」

「ちがう、ちがう。わたしはただ、おどしのためにうったのだが……」

謙三は身をかがめて、鬼丸博士のからだを調べていたが、

「死んでいる。しかし、たまがあたったのじゃない。このひとはしめころされたのです。ごらんなさい、のどにあるこのあざ！」

なるほど、鬼丸博士ののどには、おそろしいむらさき色の指のあとがついている。

「にいさん、怪物がしめころしたんですね」

「そうだよ、きっと。鬼丸博士は怪物から、逃げようとしたんだろう。怪物がそれをおこって、しめころしたにちがいない」

なんともいえぬおそろしさに、一同はだまって顔を見あわせていたが、やがて謙三が気がついて、

「とにかく、抜け穴の出口を調べてみましょう」

と、先に立って階段をのぼると、あげぶたを開いて外へとびだしたが、そのとたん、思わずあっと立ちすくんだのである。

ああ、そこは、さっき滋と謙三が、怪物の目をのがれるためにとびこんだ、辻堂の中ではないか。

第二の鍵

「やア、立花君、滋君、おてがら、おてがら、きみたち、鏡三君を見つけたというじゃないか」

そのよく朝のことだった。

ゆうべはかえる電車がなくなって、やむなく駐在所へとめてもらった滋と謙三が、朝起きて、ご飯をごちそうになっているところへ、表に自動車がとまったかと思うと、中からおりたのは、金田一耕助。等々力警部もいっしょだった。

「あっ、金田一先生、ぼくたちがここにいることが、どうしてわかりましたか」

「なに、こちらの木村巡査から警視庁にれんらくがあったので、警部さんがぼくに知らせてくれたんですよ。警部さん、これがきのうもお話した、立花謙三君と滋君」

警部さんにひきあわされて、滋はなんだかきまりがわるいような気持ちだった。等々

力警部はおだやかに微笑をふくんで、

「いや、電話できいたが、ゆうべはたいへんでしたね。木村君の話によると、きみたちは怪獣男爵を見たんですって？」

「怪獣男爵……」

滋と謙三は目をまるくして、

「怪獣男爵とはなんですか」

「いや、それについてはいずれ話すが、そのまえに、ゆうべのことを話してくれませんか」

「しょうちしました。聞いてください。こうです」

と、謙三がゆうべのできごと、――見たこと、聞いたことをのこらず語ってきかせると、金田一耕助と等々力警部は、いちいち、おどろきの目をみはっていた。

「……それで辻堂から外へとびだしたときには、怪物も津川先生も小男ももうどこにもいなかったんです。村の人たちも一軒家のほうに気をうばわれていたので、三人が辻堂から逃げだしたのに気がつかなかったんですね。どうもはなはだざんねんです」

謙三がくやしがるのを、等々力警部はなぐさめるように、

「いや、怪獣男爵をにがしたのはざんねんだが、それだけのことがわかったのは大てがらです。すると剣太郎、珠次郎、鏡三の三人は、三つ子の兄弟だというんですね」

「どうもそうらしいんです」

「いや、ぼくもそうじゃないかと思っていましたよ」

金田一耕助はひざをのりだし、

「それというのが軽井沢の三軒の家……ふたごならば二軒あればたりるのですからね。それに剣太郎と鏡三という名まえです。ふたりきりの兄弟なら、剣太郎と鏡二とか鏡次郎とすべきでしょう。それを鏡三としてあるのは、もうひとり間に、何二とか何次郎という少年があるのじゃないか……そう思っているところへ、少年歌手の名まえを珠次郎と聞いたものだから、てっきり三つ子だと気がついたのです。剣と珠と鏡……なにか思いあたるものはありませんか」

「あッ、三種の神器だ！」

滋は思わずいきをはずませた。金田一耕助はにっこり笑って、

「そうですよ。鬼丸太郎は三つ子が生まれたので、三つぞろいになったもの、すなわち、三種の神器の名をもらって子どもにつけたのです」

「そして、その三つ子のからだの中に、ひとつずつ、鍵《かぎ》がぬいこんであるというんですね」

警部がたずねた。

「そうです、そうです。怪物もゆうべやっとそれに気がついて、鏡三君はあやうく手術をされるところでした」

「その鏡三君はどこにいますか」

「あの少年なら、前田先生のところへあずけてあります。呼んできましょうか」

「ああ、そうしてくれたまえ」

木村巡査が出ていったあと、一同はことばもなく、めいめい考えこんでしまった。

ああ、なんというふしぎな事件だろう。三種の神器の名まえをもらった三つ子の少年、その三人のからだにぬいこまれた三つの鍵、その鍵によってひらかれる大迷宮、そこにかくされた大金塊、しかも、それをねらっているのは、世にもおそろしい怪物なのだ。

滋は、はからずもまきこまれたこの事件の、あまりの奇怪さに、ゾッとするようなおそろしさを感ずると同時に、いっぽうまた、血わき肉おどるのをおぼえるのだった。

そこへ木村巡査が鏡三と前田先生をつれてきた。

「これからこの子をお調べになるのでしょうが、そのまえに申しあげたいことがありまして……」

前田先生は一同の顔を見まわすと、

「ゆうべわたしは、この少年のきずの手当をしました。きずというのは左腕のつけねに、アルミニュームでできた、ふしぎな短刀がつっ立っていたんですが、それをぬいて、傷口をぬおうとするとなにやらカチリと針にあたるものがある。ふしぎに思って、それをとりだしたのですが……ごらんください。これです」

と、前田先生がポケットからとりだしたものを見て、滋は思わず、あっとさけんだ。

「あっ、そ、それは、ぼくが守袋に入れて持っている鍵と、そっくり同じ鍵ですね」

いかにもそれは、滋が肌身《はだみ》はなさず持っている、黄金の鍵と、たいへんよくにた鍵だったが、ああ、しかし、滋が思わずそのことを口ばしったときだった。

となりの部屋でねころんでいたひとりの男が、ぬっとばかりに頭をもたげたのである。

その男というのは、ゆうべあのさわぎがあってから間もなく、酔っぱらって道にねているのを、木村巡査が見つけてきて、そこへねかせておいたのだ。

年のころは二十七、八、ゆうべよっぱらって、土の上にねていたので、顔も手足もどろだらけ、おまけに目がわるいとみえて、黒い、大きな眼帯をかけているので、人相はさっぱりわからない。

あやしい男はたたみの上に起きなおると、しょうじのすきから目をひからせ、滋の顔を見ていたが、やがてギョッとしたように、息をのむと、そのままそっとうら口から、駐在所をぬけだしていったのだ。

ああ、それにしても、この男は、はたして何者か。

ひょっとするとこの男に、鍵を持っていることを知られたがために、滋の身のうえに、なにかおそろしいことが起るのではないだろうか。

奇怪な大発明

それはさておき、神ならぬ身の、そんなこととは夢にも知らぬとなりの部屋では、

「なるほど、そうすると、これで鍵がふたつそろったわけですね」

金田一耕助は、鍵をあらためながら、

「警部さん、ごらんなさい。この鍵にはNO・3《ナンバー・スリー》とほってあります。してみると、軽気球でつれさられた珠次郎のからだにNO・2《ナンバー・ツー》の鍵がぬいこまれていることになりますね」

「そして、その鍵を、怪獣男爵がねらっているんですか」

等々力警部はおそろしそうに、ぞくりと肩をふるわせたが、それを聞くと謙三がひざをすすめて、

「警部さん、怪獣男爵とは何者ですか。それじゃ、ゆうべの怪物は、男爵なのですか」

謙三に問いつめられて、金田一耕助と等々力警部は、しばらく顔を見あわせていたが、やがて警部は向きなおると、

「そうです。男爵なのです。いや、男爵だったのです。いまはもう男爵も子爵もありませんからね。あいつはもと、古柳《ふるやなぎ》男爵といって、華族であると同時に、世界的な大学者、大生理学者だったのですよ」

生理学というのは、人間のからだのいろいろな働きをしらべる学問だが、あのような、人か猿《さる》かわからぬような怪物が、もと男爵で、しかもそんなえらい学者であろうとは――滋も謙三も、思わず大きく目を見はった。

等々力警部は、ふたりの気持ちを察したのか、くらい顔に微笑をうかべると、

「いやいや、あいつはもとから、あんなからだじゃなかったのです。古柳冬彦《ふゆひこ》男爵は、

もとはふつうの人間だったが、いちど死刑になってから、あんなふうに生まれかわったのです」

「死刑になったんですって？」

「生まれかわったんですって？」

滋と謙三はびっくりしてさけんだ。鏡三も目をまるくしている。

「そうです。死刑になったのです。そして、生まれかわったのです。しかも、それがひじょうに科学的な生まれかわりかたなんです」

等々力警部は一同の顔を見まわしながら、

「古柳男爵が、世界的に有名な大生理学者であることは、さっきも話しましたね。そうです、古柳男爵は大生理学者でしたが、わけても脳の生理については、世界でも、くらべもののないほどの学者でした。そして、それについて男爵は世にもおそろしい発明をしたのです」

等々力警部の語るところによると、それはなんともいえぬおそろしい話だった。

人間のからだが死ぬといっしょに、脳も死んでしまうのは、いかにもざんねんなことである。すぐれた学者や、えらい芸術家の、ふしぎな働きをもつ脳を、からだとはべつに、いつまでも生かしておくことはできないだろうか……古柳男爵は、まずそう考えたのだった。

そこで古柳男爵は、人間のからだから、脳だけぬきとって、それを男爵がつくった、ある特別の生理的食塩水のなかで、保存することを思いついた。

男爵はまず、医科大学から研究用の死体を買ってきて、その研究をはじめた。しかしそれはだめだった。なぜかといって、その死体は死後あまり時間がたっていたので、脳の活力もすっかりなくなっていたからなのだ。

そこで、そのつぎには、交通事故のために死んだ人の死体を、死後すぐにひきとって、研究することにしたが、なんどもなんどもしっぱいしたのち、やがて、とうとう成功した。死後すぐに肉体からとりだされた脳は、生理的食塩水のなかで、りっぱに生きているのである。すなわち、これでわかったことは、年とってしぜんと死んだ人や、長い病気で死んだ人の脳は、脳そのものが年とっていたり、病気のために弱っているからだめだが、それに反して、災難などで急に死んだ人の脳を、できるだけ早いうちに取りだせば、りっぱに再生できるということがわかったのである。

しかし、男爵の研究も、それだけではなんにもならない。食塩水のなかにある脳は、いかに生活力をもっていても、なんの働きを示すこともできない。そこで男爵はまた、つぎのようなことを考えた。すなわちその脳を、べつの人間の頭にうえかえることを……。

「脳をうえかえるんですって？」

滋は思わずいきをはずませた。

「そうだよ。滋君。もしこのことに成功すれば、世にこれほどおそろしい発明はないでしょう。世間には、りっぱな脳を持ちながら、弱いからだになやんでいる人が多いいっぽう、知能はそれほどでもないが、からだだけは人なみすぐれてじょうぶな人間もいる。そういう人の脳をぬきとって、そのあとへ、すぐれた脳をうえかえれば、それこそ頭脳もからだも、人なみすぐれた人間ができるではないか。……古柳男爵は、そう考えたのです。そして、一生けんめいに、その研究をしたのです」

「そして、古柳男爵はその研究に成功したのですか」

「そうです。成功したのです。だから古柳男爵は、いったん死刑になりながら、人に命じて、いちはやく脳をうえかえさせたために、ああいう怪物となって生きかえったのです」

ああ、なんというおそろしい話だろう。なんという気味のわるい物語だろう。

滋や謙三、さては鏡三も、わきの下にびっしょりと、つめたい汗がにじみ出るのをおぼえずにはいられなかった。

五人のちかい

「それじゃ、古柳男爵は死刑になったのですか」

謙三は、青くなってたずねた。等々力警部はうなずいて、

「そうです。古柳男爵というひとは、身分もたかく、えらい学者でありながら、たいへ

んな悪人で、いろいろな悪事をはたらいたことがわかったので、とうとう、死刑になったのです」

「そして、だれがその脳を……」

滋も息をのんで、ひざをのりだした。

「それは男爵のお弟子さんで、北島《きたじま》博士という人です。男爵は悪人でしたが、なにしろ世界的な学者でしたから、お弟子さんにもえらい学者があったのです。北島博士は男爵の命令で、男爵が死刑になると、すぐに死体をひきとって、脳をとりだし、それをロロという怪物の脳といれかえの手術をしたのです」

「そして、手術は成功したんですね」

「成功しました。古柳男爵は怪物ロロのからだをかりて、みごとに生きかえったのです。だからいままでは男爵は、手のつけられぬ怪物になってしまいました。死刑になるまえの男爵は、世界的大学者だけあって、すばらしくよい頭をもっていましたが、からだはあまり強くなかったのです。ところがいまではあのとおり、ゴリラのようなからだをしているうえに、身のかるいことはおどろくばかり、それでいて、頭は昔ながらの古柳男爵ですから、知恵といい、体力といい、くらべものもないほどの、怪物になってしまったのです」

滋は、ゆうべ猛犬をまっぷたつにひきさいた怪物の力を思いだして、おもわずふるえあがったのである。

「しかし、古柳男爵の脳をうえつけた、ロロというのはなんですか。ゴリラですか」

「いいや、ゴリラじゃありません。古柳男爵が、蒙古《もうこ》のおくからつれてきた人間なんです。しかし人間だというと、北島博士が脳のいれかえをしょうちしないと思ったので、男爵はゴリラだといって博士をだましていたのです」

「そして、その北島博士はどうしたのですか」

「殺されました」

等々力警部はくらい顔をして、

「男爵は北島博士の手術のおかげで、ロロのからだをかりて生きかえったにもかかわらず、恩人の博士を殺してにげだしたのです。そして、じぶんを死刑にした世間にたいして、復讐《ふくしゅう》をするのだといって、悪事をかさねているのです」

滋と謙三、さては鏡三も、ゾッとしたように顔を見あわせた。

やがて、謙三は、ひざをすすめて、

「しかし、警部さん、あの小男はなにものです。たしか音丸《おとまる》とかいってましたが……」

「ああ、あれですか。あれは音丸三平《さんぺい》といって、男爵にとっては無二の忠臣、おさないときから男爵にそだてられたので、男爵のいうことなら、なんでもきくんです。ところで、謙三君、滋君それから鏡三君」

「はい」

「怪獣男爵と音丸は、まえにもさんざん悪事をはたらいたが、警察の手においつめられて、とうとう死んだ……、と思われていたのです。しかしこうして、すがたをあらわしたところをみると、死んではいなかったんですね。その怪物がこんどの事件に関係しているとすると、これはひとすじなわではいきません。しかし、ひとすじなわでいかないといって、われわれは手をつけかねていることはできないのです」

警部は三人の顔を見わたして、

「われわれは、たたかわねばなりません。あの怪物をとっちめて、二度と悪事ができないように、どこかへおしこめてしまうまで、あくまでたたかわねばなりません。きみたちに、それだけのかくごがありますか」

「もちろんです」

言下にこたえたのは滋である。謙三も、鏡三も力づよくうなずいて、

「警部さん、ぼくたち、……ぼくと滋君とは、はじめから、この事件に関係しているのですから、ぜひともお手つだいさせてください」

謙三がひざをのりだせば、鏡三も勇ましく、ほおをそめて、

「警部さん、ぼくにも……ぼくにも手つだわせてください。あの怪物は、ぼくたち三人兄弟をねらっているのですね。そして、ぼくたち三人の持っている鍵を手にいれ、おとうさんのかくしておいた大金塊をよこどりしようとしているのですね。ぼくはたたかいます。あくまで怪物とたたかいます」

「よし、それで話はきまった！」

その時、そばからさけんだのは金田一耕助。

「それじゃ、ここでわれわれは誓おう。どんなおそろしいことがおこっても、おめず、おくせず、あくまで怪獣男爵とたたかうことを……」

金田一耕助が手をさしだしたので、あとの四人も手をさしのべて、ここに五人はかたく誓いあったのだが、ああ、それにしても、かれらのゆくては雨か嵐《あらし》か……。

眼帯の男

こうして、げんしゅくな誓いがおわると、金田一耕助はにっこりわらって、

「さア、そう話がきまれば、まず第一に作戦計画をたてねばなりませんが、それには、なんといっても、剣太郎君と珠次郎君を、さがしだすことが第一です。そこで鏡三君にきかねばならぬが、鬼丸博士は剣太郎君を、どこへかくしたのですか。いや、そのまえに、きみはどうして、タンポポ・サーカスからにげだしたのです。サーカスのひとたちが、きみをいじめたのですか」

鏡三はつよく首を左右にふって、

「いいえ、そんなことはありません。団長も力持ちのおじさんも、みんな、とてもぼくをかわいがってくれました」

「それだのに、どうしてきみは……？」

「鬼丸博士にだまされたんです。あの日、鬼丸博士がやってきて、兄弟にあわせてやろうというものですから……そうです。ぼく兄弟があることを知っていました。三つ子だとは知りませんでしたが、ふたごのように、よくにた兄弟があることを知っていたんです。どういうわけか、小さいときにわかれてしまったんですが……」

「なるほど、それで、鬼丸博士につれられて、軽井沢へいったんだね」

「そうです。しかし、鬼丸博士は、ぼくを兄弟にあわせようとせず、ゴリラの剝製《はくせい》のなかに、ぼくをかくしたんです」

「あっ、それじゃ、いつかの晩、ろうかを歩いていたゴリラというのは……？」

滋がさけんだ。

「そうです。ぼくでした。ぼく、剣太郎にいさんがこいしくて、ときどき、そっと顔をのぞきにいったんです」

「ふむふむ、それで……」

「ところが、ある晩、そうです。おふたりがとまった晩鬼丸博士と津川先生は、剣太郎にいさんを魔の寝台でころそうとしました。しかし、おふたりのために失敗したので、にいさんにねむり薬をかがせ、ぼくのかわりにゴリラの剝製につめ、ぼくを剣太郎にいさんの身がわりにして軽井沢をたちさったのです」

「そして、ここの一軒家へきたんですね。ところで剣太郎君はどうしたんですか」

「どうしたのか、ぼくもよく知りません。鬼丸博士が、どこかへつれていってしまったんです」

「鬼丸博士は、じぶんで大金塊を手にいれようとしていたのかしら」

鏡三は言下にそれをうちけして、

「いいえ、ちがいます。あのひとは、怪獣男爵におどかされて、手先になっていただけなんです。鬼丸博士より、津川先生のほうが悪人でした。津川先生は怪獣男爵の命令で、鬼丸博士を見はっていたんです。鬼丸博士は、いつもふたりからにげようとしていました」

「ああ、それで、ゆうべ、とうとう殺されたんだね」

金田一耕助は、なにか深くかんがえながら、

「ところで鏡三君、きみのもうひとりの兄弟、珠次郎君は、きのう、どくろのような顔をした男に、軽気球でつれさられたのだが、きみはそういう人物に心あたりはないかね」

「どくろのような顔をしたひと……？」

鏡三は、はっとしたように、

「ああ、そういえば、いつか鬼丸博士と津川先生が、そんな話をしていました。あのふたりは、それがだれだか知ってるらしく、ひどくおそれているようでした」

それをきくと一同は、思わず顔を見あわせた。ああ、津川先生のような悪人が、おそれていたという、どくろ男とは、いったいなにものなのだろうか……。

だが、ちょうどそのとき、電話のベルが鳴りだした。警視庁から、等々力警部にかか

ってきたのである。警部はしばらく、電話の話をきいていたが、やがて、キッと、きんちょうした顔でふりかえると、

「金田一さん、軽気球のゆくえがわかったそうですよ」

「え？　そ、そ、そして、どこに……」

「多摩川のおくの青梅《おうめ》付近の森のなかに、軽気球がひっかかっているのが発見されたそうです。これからすぐに、現場へ出向くようにと、本庁からの命令です」

「よし！」

金田一耕助はこおどりせんばかりに立ちあがり、

「そ、それじゃ、これからすぐにいきましょう」

「金田一先生、ぼくも……」

滋も立ちあがった。が、謙三がそれをおしとめて、

「滋君、きみはいけない。きみはつかれているのだから、きょうは、このままかえりたまえ」

「だって、にいさん……」

「いや、それは謙三君のいうとおりだ。滋君、きみは鏡三君といっしょに、ひとまず家へかえりなさい。鏡三君はけがをしているのだし、どこもいくところがないのだから」

金田一耕助にそういわれると、滋もはんたいすることはできない。

「よし、それじゃ、自動車で国分寺駅まで送ってあげよう」

等々力警部は、もう駐在所からそとへとびだしていた。

こうして、それからまもなく、一同をのせた自動車は、中央線の国分寺駅までくると、そこで滋と鏡三をおろし、ほかの人たちは青梅をめざして、走りさったのだが、あとから思えばこのことこそ、金田一耕助にとっては一世一代の大しっぱいなのだった。

なんとなれば、滋と鏡三が電車にのると、すぐそのあとから、さりげなく、同じ電車にのりこんできた男がある。

滋も鏡三も気がつかなかったが、その男こそ、さっき駐在所のとなりの部屋で、立ちぎきをしていた男……黒い、大きな眼帯をかけた男ではないか。

眼帯をかけた男は、かた目をヘビのように光らせて、ふたりの少年をねらっている。その顔には、どこやら見おぼえがあるのだが、はて、いったい、だれだったのだろうか。

三人のゆくえ

さて、こちらは金田一耕助や等々力警部、さては謙三をのせた自動車である。国分寺から立川《たちかわ》へ出ると、青梅街道《かいどう》をまっしぐらに……。

やがて、自動車が青梅へはいると、わかい警官が出迎えた。

「警視庁の等々力警部ですね。ぼくは高木《たかぎ》巡査です。お待ちしていました」

「ああ、そう。そして軽気球は……？」

「ご案内しましょう」

一行は自動車からおりると、高木巡査に案内されて、街道わきの山道へさしかかった。いくことおよそ二十分。道はしだいにけわしくなって、両がわにはいちめんに、雑木林がひろがっている。そのあいだをはうように進んでいくと、まもなく、ゆくてにあたってがやがやと、人の声が聞えてきた。

それをめあてに進んでいくと、やがて、きりたてたような絶壁の上に出たが、見ると、その絶壁の上にそびえている、大木のこずえに、空気をぬいて、ペシャンコになった、軽気球がひっかかっているのだ。

一行がそれに近づいていくと、軽気球をとりまいてさわいでいたひとびとが、だまって道をひらいた。耕助は大木の枝からぶらさがっている、からのかごをのぞきながら、

「警部さん、これは墜落《ついらく》したのじゃなく、わざと空気をぬいて、着陸したんですね。ところで、この軽気球を発見したのは？」

「へえ、それはわたしで……」

と、ひとびとのなかから進みでたのは、二十五、六の青年だった。

「ああ、きみですか。それでは軽気球を発見したときのもようを話してください」

「へえ、それはこうなんで。……この崖《がけ》の下《した》にはごらんのとおり、道が一本とおっています。けさ早く、わたしはその道をとおって、おくへたきぎをとりに出かけたのですが、なにげなく崖の上を見ると、こいつがひっかかっておりますんで……わたしもきのうの

さわぎは、ラジオできいておりましたから、大急ぎで、高木さんに知らせにいったので……」

「なるほど、それであなたがかけつけてきたときには、軽気球はからだったのですね」

「はい、からっぽでした。のってたやつは、崖をつたっておりたにちがいありません。ほら、あの綱をごらんください」

なるほど、軽気球のひっかかっている大木には、綱がいっぽんむすびつけてある。

「なるほど。それじゃみんな、ぶじに着陸したとみえる。しかし、綱にぶらさがって追っかけた小男はどうしたろう。きみ、きみ」

と、耕助は一同をふりかえり、

「だれかこのへんで、あやしい人影を見たひとはありませんか」

「ああ、そのことですが、田代《たしろ》さん、あなたからじかに話してください」

高木巡査にうながされて、一同のなかから出てきたのは、五十ぐらいの老人だった。

「へえへえ、わたしが田代ですが、わたしの家は、崖下の道が街道すじにおちあうところにありますんで、……ところが、けさはやく、そう五時ごろのことでしょうか。わたしがニワトリにえさをやっておりますと、がけ下の道から、三人の男が出てまいりました。それがまことに異様な人物ばかりで、ひとりは黒マントに黒いベール、ひとりは十五、六の子どもでしたが、あとのひとりがおとなのくせにおそろしく背のひくい小男で」

「なるほど、それで……」

「わたし、なんだか気味わるくなって、そっとようすを見ていますと、三人はわたしのうちのまえに立って、なにかいらいらしたようすで、待ってるようでございましたが、するると半時間ほどして、立川のほうから自動車がきて、三人はそれにのっていってしまいましたので」

金田一耕助は目をかがやかせて、

「その自動車というのは、ぐうぜん、とおりかかったのだろうか。それとも……」

「いいえ、どうも、うちあわせしてあったようで。三人のすがたを見ると運転手のほうから、自動車をとめましたので……」

「その運転手というのは……」

「六十ぐらいの、白髪《しらが》の老人でございました」

白髪の老人ときいて、金田一耕助ははっと謙三や、等々力警部の顔を見た。ひょっとすると、それは博覧会の軽気球がかりの老人ではないだろうか。

「ところで、その自動車はどっちの方角へいったんだね。立川のほうへかえったのかね」

「いいえ、そのままおくのほう、大菩薩峠《だいぼさつとうげ》のほうへまいりましたんで」

そのとき、横からことばをはさんだのは、等々力警部だった。

「ところでその三人だがね。小男とベールの男と、けんかをしているようなようすはなかったかね」

「とんでもない」

田代老人は首をふって、

「けんかどころか小男は、とてもほかのふたりをだいじにあつかっておりました」

それをきくと三人は、思わず顔を見あわせた。タンポポ・サーカスの小男は、どくろ男を知っているのであろうか。

それはさておき、金田一耕助は、なおも村の人たちをつかまえて、いろいろきいていたが、それ以上のことはききだせそうにないことがわかると、

「警部さん、それじゃここはこれくらいにして、自動車のゆくえをさがそうじゃありませんか。おっと、そっちへいったらまわり道だ。ひとつこの崖をおりましょう」

「よし」

それからまもなく三人は、綱をつたって崖をおりると、崖下の細道を、街道のほうへ歩いていったが、なるほど、街道とその細道の出あうところに、ニワトリ小屋のある家がある。田代老人のすまいだった。

その横をとおって三人は、街道へ出ようとしたが、そのとき、立川のほうからきた自動車が、全速力で三人の目のまえを走りすぎた。

それを見るとなに思ったのか、

「あっ！」

と、さけんで謙三が、金田一耕助と、等々力警部の手をとってひきもどしたのである。

どくろ男の正体

「ど、ど、どうしたの、謙三君」

「いまの自動車……いまの自動車に、タンポポ・サーカスの団長と力持ちが……」

金田一耕助と等々力警部は、はっと顔を見あわせたが、

「け、け、警部さん、こ、こ、こいつはおもしろくなった。ひとつ、その自動車を……」

「よし！」

街道へ出ると、さっきの自動車はもうそのへんには見えなかった。三人はのってきた自動車にとびのると、目を皿《さら》のようにして、さっきの自動車をさがしながら走りだしたが、相手はよほどスピードを出しているらしく、いつまでたっても姿が見えない。

「おかしいな。どこにもわき道はないのだから、この道を行ったにちがいないのだが……」

「とにかく、行けるところまでいきましょう」

自動車はもう青梅を出はずれて、かたがわは高い山が、まゆにせまり、かたがわには、多摩川《たまがわ》が、ふかい谷底をながれている。

「金田一さん、それにしてもへんですね。ヘンリー松村や万力の鉄は、どうしてこのへんに、軽気球がついたことを知ってるのだろう」

「それはだれかが連絡したんですよ。警部さん、あの軽気球はあてもなく、風にながされてきたんじゃありませんよ。さっきかごの中をのぞいたら、方向舵《ほうこうだ》のようなものがありました。だからだいたいこのへんにけんとうをつけてやってきたのにちがいありません」

「しかし、金田一さん、軽気球がかりの老人は、どうしてこのへんに、軽気球がおりたことを知っていたのでしょう」

「それはね、あのどくろ男から連絡があったのでしょう。あの軽気球には、きっと無電装置がしてあったんです。それで着陸場所を、老人に知らせたんですよ。そういう目算《もくさん》がなければ、いかに大胆なやつでも、あんなあぶない芸当を、演じるはずがありませんからね」

「なるほど」

と、警部がうなずいたときだった。むこうのまがり角から、だしぬけにあらわれたのは、一台の自動車。その自動車をよびとめてしらべてみると、なかはもぬけのからだった。

「きみ、きみ、さっき立川のほうから、客をふたりのせてきたのは、この自動車だね」

「へえ、さようで」

その自動車はふつうのハイヤーだったが、運転手は警部のすがたに、青くなっている。

「その客たちはどうした」

「へえ、そのお客さんは、ここから一キロほどいったところの、道がふたまたになっているところでおろしました。お客さんたちは、そのわき道へはいっていったようで」

「よし、それじゃいってよろしい」

ハイヤーをやりすごしておいて、一キロほどやってくると、はたして、道がふたまたになったところがあった。わき道というのは、細い、石ころ道で、とても自動車はとおれそうもない。

三人は自動車をおりて、そのわき道へはいったが、道はしだいにけわしくなって、左右には高い山がそびえている。

その道を、ものの五百メートルもきたときである。とつぜん、謙三が、あっとさけんで立ちどまった。

「あっ、先生、警部さん、あの家……」

見ると、左がわの山の中腹に、一軒の洋館がたっているのだが、そのつくりは、軽井沢の三軒や、また、ゆうべの一軒家と、そっくり同じではないか。

「よし、どこかに道はないか」

さがしてみると一本の細道が、やっと草のなかに見つかった。三人はむこうから見られぬように、草の中をはうようにして、洋館のほうへ近づいていった。洋館の窓という窓はどこもしまって、シーンとしずまりかえっているが、化物屋敷のようにいんきで、いかにも気味がわるい感じである。

三人はやっと洋館のうらがわにたどりついたが、見ると、勝手口があいている。

三人はそれを見ると、そっと中へしのびこんだ。いざという時にそなえて、警部はキッと腰のピストルに手をやって……。

家の中はうすぐらく、かびくさいにおいが、むっと立ちこめているが、この洋館も、軽井沢の三軒と、そっくり同じつくりなので、三人はまようこともない。

台所から食堂をぬけ、居間のまえまできて、ジッとあたりのようすをうかがっていると、とつぜん、部屋の中から聞えてきたのは、ひくいいんきな声だった。

「おはいりください。金田一さん、等々力警部も、立花謙三君もごいっしょに……」

それをきくと、三人は、あっとさけんで立ちすくんだが、すぐ警部が気をとりなおし、ドアをけって中へとびこむと、部屋の正面の大きないすに、ゆったり腰をおろしているのは、なんと、あの気味のわるいどくろ男ではないか。

そして、その足もとには少年歌手の珠次郎がすわっており、左右には、軽気球がかりの老人をはじめとして、小男に、ヘンリー松村、それから力持ちの万力の鉄が、まるで家臣のように、いならんでいるのである。

「だ、だれだ！　きみはだれだ！」

腰のピストルを身がまえながら、キッとして、声をかけたのは等々力警部。それを見ると、どくろ男は、かなしげに首を左右にふりながら、

「警部さん、わたしはけっして、あやしいものではありません。わたしこそ、鬼丸太郎

のなれのはてです」

「な、な、なんですって？」

　そうさけんだのは金田一耕助。

　ああ、それでは、この気味のわるいどくろ男こそ、世界的サーカス王といわれた鬼丸太郎だったのか。

「そうです。その鬼丸太郎はわたしです。そして、ここにいるのがむすこのひとりの珠次郎あとの四人は、わたしにとっては、むかしのかわいい部下たちです」

わなに落ちる

　それにしても、鬼丸太郎がどうして、あのような気味のわるい顔になったのか、それにはおそろしい話があるのだが、そのことは、しばらくおあずかりにしておいて、ここでは、滋と鏡三の、その後のなりゆきについて、物語をすすめていくことにしよう。

　国分寺駅で金田一耕助たちとわかれた滋は、鏡三をつれて、東中野のおくにある、じぶんの家へかえって来た。

　滋の家では、滋や謙三が、夕べひと晩かえってこなかったので、おかあさんがたいへん心配をしていたが、そこへ滋が、見知らぬ少年をつれてかえって来たのだから、おかあさんは二どびっくりである。

しかし、滋のおかあさんは、たいへんしんせつな人だったから、鏡三の気のどくな身のうえをきくと、すっかり同情して、

「まア、まア、そういうわけなら、いつまでもうちにいらっしゃい。それに夕べそんなさわぎがあったのなら、ふたりとも、つかれているでしょう。ねどこをしいてあげますから、しばらく横になっていらっしゃい」

ああ、なんというしんせつなことばだろう。小さいときからサーカスにいて、さんざん苦労をしてきた鏡三には、滋のおかあさんのしんせつが、涙が出るほどうれしいのだった。できることならいつまでも、このしんせつなおばさんのところにいたいと思わずにはいられなかった。

しかし、世の中は思うようにはいかない。いたいと思うその家に、鏡三は、ほんのしばらくしかいることができなかったのである。

滋たちがかえってから、一時間ほどのちのことだった。

表に自動車がとまったので、おかあさんがようすを見に出ると、すぐ、一通の手紙をもってもどってきた。

「滋や、警視庁の等々力警部というかたから、おむかえにまいりましたといって、こんな手紙を持ってきたんですけれど……」

「え、警部さんから……」

滋はびっくりして、手紙の封を切ってみると、こんなことが書いてあった。

滋君――。

とうとうわるものをつかまえたが、それについて、きみと鏡三君に、ぜひこちらへ来てもらいたいのだ。例の鍵《かぎ》を持って、むかえの自動車で、すぐに来てくれたまえ。金田一先生や謙三君もこちらにいる。

等々力警部より

「鏡三君、怪獣男爵がつかまったらしいよ」

滋は思わず息をはずませた。

「しめた！　滋さん、行ってみましょう」

「鏡三君、きみ、鍵を持っている？」

「鍵ならここに持っています。滋さんは？」

「ぼくもここに持っている。それじゃ、おかあさん、ちょっと行ってきます」

「まア、滋、だいじょうぶなの。何かまた、あぶないことがあるのじゃないの」

おかあさんは心配そうに、オロオロしていったが、勇みたったふたりには、そんなことばは耳にもはいらない。

「おかあさんだいじょうぶです。謙三にいさんだっているんですもの。さア、行こう」

ふたりが表に出てみると、自動車のドアをひらいて立っているのは、黒い眼帯でかた目をかくした男だった。そして運転台には鳥うち帽をかぶった男が、むこうむきに、背なかをまるくしてすわっている。

「滋、気をつけてね。そして、なるべく早くかえっていらっしゃいね」

「はい、おかあさん」

心配そうなおかあさんをあとにのこして、自動車はふたりをのせて走りだしたが、それからものの三分とたたぬうちのことだ。鏡三がだしぬけに、あっとさけんで、まっ青になったから、おどろいたのは滋である。

「ど、どうしたの、鏡三君」

「いけない！　滋さん、あ、あれを……」

鏡三がふるえる指で、ゆびさしたのは運転台にある鏡だった。その鏡に、鳥うち帽子をかぶった運転手の顔がうつっているのだが、ひとめそれを見たとたん、滋は全身に、つめたい水をあびせられたようなおそろしさをかんじた。

ああ、なんということだろう。そこにうつっているその顔……それは、まぎれもなく怪獣男爵の忠実なしもべ、小男の音丸三平ではないか。

「鏡三君！」

「滋さん！」

ふたりはひしと手をとりあった。

それからいそいで、自動車のまどをひらいて、救いをもとめようとしたが、そのとき、むっくり助手台から、ふりむいたのは片目の男である。

「アッハッハ、やっと気がついたか。このままだまって連れていくつもりだったが、気がつかれたらしかたがない。じたばたしないように、どれ、ひとねむりさせてやろうか」

あざ笑うようにいいながら、ポケットから取りだしたのは一ちょうのピストル。

「あっ、何をするのです。きみは誰《だれ》です」

「なに、きみは誰だと？　アッハッハ、おい音丸、こいつらにはおれが誰だかわからねえらしい。まア、いいや、いずれそのうちにわかるだろう。おい、小僧、これでもくらえ」

かた目の男がひきがねをひくと、なかからとび出したのは弾丸ならで、一種異様なにおいをもった蒸気だった。

二ど三ど、かた目の男がひきがねをひくたびに、あやしい蒸気が自動車の客席にみちあふれ、やがて、滋と鏡三は、こんこんとして、ふかいねむりにおちてしまったのである。

剣太郎あらわる

それから、いったいどのくらい時間がたったのか。なにも知らずにねむっていたふたりには、ほんの五、六分としか思えなかったが、ほんとうはあれからもう十時間以上もたって、いまはま夜中の十二時すぎである。

滋がふと目をさますと、そばには鏡三がまだこんこんとねむっている。

滋はさっきのことを思いだし、いそいでからだをおこして、あたりを見まわしたが、そこはもう自動車の中ではなかった。

天井のひくい、せまっくるしい、マッチ箱のような妙な部屋なのだ。窓といえば、壁にひとつ、ドアにひとつ、いずれも小さく円《まる》いのがあいているばかり。

ひくい天井から、古めかしい吊《つ》りランプがぶらさがっていて、その下に荒けずりの板でできたいす、テーブル。部屋のすみに、敷物もなにもないはだかのベッド。滋と鏡三は、そのベッドのうえにねかされていたのだった。

「鏡三君、鏡三君」

滋はひくい声で、鏡三をよびおこした。その声が耳にはいったのか、鏡三もすぐ目をさまし、キョロキョロあたりを見まわしながら、

「あっ、滋さん、ここはどこです」

「どこだか、ぼくにもわからないんだ。鏡三君、きみ、頭がいたくない？」

「いたいです。ガンガンわれるようです。それに、むかむかするようなこのにおいったら！」

まったく鏡三のいうとおりだった。ペンキのにおいとも、ガソリンのにおいともつかぬ、へんなにおいが部屋のなかにたちこめて、いまにも吐気をもよおしそう。それにさっきのねむり薬がまだきいているのか、滋は頭がわれるようにいたくて、なんだか、か

らだがフラフラするのだ。

「滋さん、あのドアには錠がおりてるの」

「いや、まだしらべていないんだ。よし、ひとつしらべてみよう」

滋は、はだかのベッドからすべりおりたが、そのとたん、部屋ぜんたいが、ぐらりと大きくかたむいたので、滋はフラフラと、たおれそうになったからだを、あわててベッドのはしにつかまってささえた。

「地震……？」

滋と鏡三は、ギョッとした顔を見あわせたが、ふたりともまっ青である。

「地震かしら、へんだねえ」

滋がつぶやいたときだった。

またもや部屋ぜんたいが、ぐらりと大きくかたむいて、鏡三はベッドのうえでころんだひょうしに、ゴツンとかべに頭をぶっつけた。

「滋さん」

鏡三はびっくりしたように、目をまるくしていたが、ふと気がついて、ベッドの上にある円窓のガラスにひたいをこすりつけて外をながめた。

「鏡三君、なにか見える？」

「ちょっと待ってください。くらいのでよくわかりませんが、なんだかようすがへんですよ」

　鏡三は、あついガラスにひたいをこすりつけて、一生けんめいに外をながめていたが、やがて、はじかれたように、滋のほうをふりかえると、

「滋さん、わかった、わかった！　ぼくたちのいるのは船のなかです。船のなかにとじこめられているのです。ほら、海が見えます。波の音もきこえます。そして、ずうっとむこうに燈台の灯《ひ》が見えています」

「船の中だって！」

　滋もいそいでベッドにかけのぼると、円窓にひたいをこすりつけて外を眺めたが、ああ、鏡三のことばにまちがいはない。まどの外には、くらい夜の海がひろがっていて、はるかむこうに明滅しているのは、どこの燈台か。夜霧ににじんでいるのが、まるで涙でかすんでいるように見えるのである。

「滋さん！」

「鏡三君！」

　ふたりは、ひしとだきあった。陸のうえならともかくも、船のなかにとじこめられては、とてもにげ出すすべはない。

「滋さん、ドアは……？」

「だめだ。錠がおりている。それに、とてもがんじょうなドアだから、ぼくたちにはやぶることはできないよ」

「滋さん、それじゃぼくたちはまた、怪獣男爵にとらえられたんですね」

「そうだ。しかし、これくらいのことでへこたれちゃだめだ。ぼくたちは誓ったじゃないか。どんなおそろしいめにあっても、おめず、おくせず、あくまでたたかうと……」

「ええ、ぼくはへこたれません。ぼくはいままでに、もっともっと、おそろしいことに、なんども出あってきたんですもの……」

「しっ、だれか来た！」

ふたりはごろりとベッドのうえにねころぶと、目をつむって、タヌキねいりである。

と、そのとき、ドアの外へそろり、そろりと近づいてきた足音が、ぴったりととまったかと思うと、やがてガチャリと錠をひらく音。

滋と鏡三は、ベッドのうえで目をつむったまま、必死になってねたふりをしていたが、心臓が早鐘をつくようにがんがん鳴って、全身からはねっとりと、気味のわるい汗がふきだした。

やがて、すうっとなまぬるい風がはいってきたのは、だれかがドアをひらいたのだろう。それからそろそろ、ベッドのそばへ近づくけはいがしたかと思うと、

「ああ、まだよくねている。さっき話し声がきこえたと思ったが、あれはぼくのききちがいだったのかしら」

滋はその声をきくと、ギョッとして目をひらいたが、ひと目あいての顔をみると、

「あっ、き、きみは剣太郎君！」

と、思わずベッドのうえにとびおきた。

船中の三少年

いかにもそれは剣太郎だった。

去年の夏、軽井沢の一軒家から鬼丸博士につれさられたきり、ゆくえ不明になっていた剣太郎、……かれはこんな船の中にとらえられていたのか。なるほど、これではいくらゆくえをさがしても、わからないのもむりはない。

剣太郎はさびしくわらって、

「ああ、きみはいつか軽井沢の家へおとめした、ふたり連れのひとりですね」

「そうです、そうです。あのときおせわになった立花滋です。剣太郎君、ぼくはどんなにきみをさがしたかわかりませんよ。きみにお返ししなければならぬものがあるのです」

滋は黄金の鍵をとりだそうとして、にわかにさっと顔色をかえた。鍵をいれた守袋がなくなっているのである。

「あっ、鍵がない！　守袋がなくなっている！」

さっきから、剣太郎と滋の顔を見くらべていた鏡三も、そのことばをきくと、あわててじぶんの鍵をさがしてみたが、

「あっ、ぼくの鍵もなくなっている！」

鏡三の鍵もなくなっていた。

ふたりがあわてふためくのを、剣太郎はあわてて制して、

「いけません、いけません、さわいではいけません。あいつらはきみたちがまだねていると思って安心しているのです。声をきいたら、やってくるにちがいない。しずかにしてください」

「にげましょう」

とつぜん、滋がさけんだ。

「あいつらが安心しているうちに、この船からにげだしましょう」

「いいえ、だめです。いけません」

剣太郎はかなしそうに首を左右にふって、

「この部屋からにげだすことはできても、この船からにげだすことはできません。甲板へ出る口には、どこにも厚いおとし戸がついていて、げんじゅうに錠がおりているのです」

「錠がおりているならやぶればいい」

「いいえ、だめです。ぼくもなんどもやって見ましたが、とても子どもの力ではやぶれません。それにいつでも誰かが見はっていて、見つかると、それはそれはひどいめにあわされます」

長いあいだ、怪獣男爵にいじめぬかれた剣太郎は、すっかり元気をうしなって、なにもかもあきらめきったようすである。

「きみたちを助けてあげたいのはやまやまだけれど、とてもぼくの力にはおよびません。ぼくには敵ばかりおおぜいあって、味方はひとりもないのです。だから、せめてきみたちにあって、話をしたいと思って……」

それから、剣太郎はふしぎそうに、鏡三のほうを見ながら、

「このひと、たいへんぼくににていますが、ひょっとすると、ぼくの兄弟では……」

そういわれて、滋ははじめてはっと気がついた。

「そうそう、きみたちはまだ、いちどもあったことがないのですね。剣太郎さんこのひとは、きみとおなじ三つ子の兄弟のひとりで、鏡三君というのです」

「三つ子の兄弟ですって？」

「そうです、そうです。きみにはもうひとり、珠次郎君という兄弟があるのです」

滋はてっとりばやく、じぶんが知っているだけのことを話してきかせると、

「剣太郎さん、きみはいま、じぶんには敵ばかりおおぜいあって、味方はひとりもないといいましたね。しかし、それはまちがっているのです。なるほど、きみには敵もおおぜいいるけれど、味方だってたくさんいるのです。金田一先生や等々力警部、それにぼくのいとこの謙三にいさんたちが、怪獣男爵とたたかって、きみたち三人を助けようと、一生けんめいにはたらいているのです。だから剣太郎さん、どんなつらい、おそろしいことがあっても、気をおとさずに、しっかりしていてください」

「ほんとうですか。それは……」

「ほんとうです。にいさん、いま、滋さんのいったことは、みんなほんとうです」

鏡三も、そばからことばをそえた。

「それじゃ、ぼくはもう、ひとりぼっちじゃないのですね」

「ひとりぼっちじゃありません。ぼくはまだ子どもで、なんにも役にたたないけれど、きみたちの味方になって、一生けんめいにはたらきます。だから、剣太郎さん」

「ありがとう、ありがとう、滋君」

剣太郎は滋の手をとって、しっかりにぎりしめると、

「よくいってくれました。きみのおかげで、ぼくもようやく元気が出ました。たたかいます。ぼくも怪獣男爵とたたかいます」

「にいさん！」

「鏡三！」

やつれはてた剣太郎のほおにも、そのとき、さっと血のけがさし、ひとみが、キラキラとかがやきはじめた。三人は手をとりあって、しばらく感慨無量《かんがいむりょう》のおももちだったが、やがて滋が気をとりなおし、

「いや、いまはこんなことをしている場合ではありません。ぼくたちは、一刻も早く、この船から逃げだすくふうをしなければならない。剣太郎さん、この船はいったい何という船ですか」

「あかつき丸というのです」

「そして、ここはどこですか」

「東京湾の神奈川沖《かながわおき》です」

「よし！　それじゃ、ともかく甲板へ出るくふうをしましょう。甲板へ出れば、なにかまた考えもうかびます。たとえ海を泳いでも……」

滋はさきに立って、ぱっとドアをひらいたが、そのとたん、棒をのんだように立ちすくんでしまったのである。

ああ、ドアの外には三人の男が、ニヤニヤ笑いながら立っているではないか。まんなかには、あのおそろしい怪獣男爵、左がわには、腰がまがって足の不自由な津川先生、右がわには小男の音丸三平。

剣太郎も鏡三も、三人のすがたを見ると、紙のようにまっ青になったが、そのときびっくりしたような声で、だしぬけにさけんだのは滋だった。

「わかった、わかった。鏡三君、津川先生はからだのどこも悪くはないんだ。さっきぼくたちをかどわかしに来た、かた目の男は津川先生だったのだ」

それをきくと、怪獣男爵とほかのふたりは、急にゲラゲラ笑いだし、

「小僧、いまやっとそれに気がついたのか。かしこいようでもやっぱり子どもだ。もうすこしはやく気がついていたら、こんなことにはならなかったのに。ウッフッフ」

怪獣男爵はいやらしい笑いかたをすると、いきなり、毛むくじゃらの手をのばして、むんずとばかり、滋の腕をつかんで、

「サア、小僧、こっちへ来い。おまえにちょっと用事があるんだ！」

暗号の手紙

怪獣男爵は滋に、いったい、どんな用事があるのか、いやいや、それより怪汽船あかつき丸にとじこめられた三少年は、今後、どういうおそろしいめにあわされるのだろうか……。

それらのことは、しばらくおあずかりとしておいて、ここでは滋の家のようすから、話をすすめていくことにしよう。

青梅のおくの一軒家で、はからずも鬼丸太郎を発見した金田一耕助と等々力警部は、一同をつれて警視庁へひきあげたが、謙三だけは、とちゅうでみんなとわかれると東中野の滋の家へかえって来たが、そこで滋のおかあさんから、等々力警部のむかえが来て、滋と鏡三が出かけたという話をきくと、びっくりぎょうてん、まっ青になってしまった。

謙三は、すぐに警視庁へ電話をかけた。

等々力警部と金田一耕助も、電話をきくとおどろいて、すぐに滋の家へかけつけて来た。

そして、おかあさんから話をきくと、大いそぎで、怪自動車のゆくえをさがすために、東京都はいうにおよばず、近県各地へ非常線をはるように命令した。

しかし、夜にはいっても、怪自動車のゆくえは、かいもくわからない。

滋のおかあさんは、心配のために病気になりそうだった。

謙三が電話をかけたので、おとうさんもつとめさきから飛んでかえってきたが、これまた心配のあまり、いっぺんに年をとってしまったように見えた。

こうして、金田一耕助や、等々力警部が、滋の家につめきったまま、不安な一夜をあかしたが、朝になっても、どこからもよい便りはこなかった。

「おとうさん、おかあさん、ぼくがわるかったのです。滋君のような少年を、こんなおそろしい事件にひっぱり出すなんて……」

金田一探偵《たんてい》は、モジャモジャ頭をさげてあやまった。

おとうさんは、しかし、首を左右にふって、

「いやいや、これはあなたの罪ではありません。もともと、この事件は、あれがいちばんさいしょにまきこまれたのですし、それに冒険ずきな子だから、こういうことになったのです。しかし金田一先生」

おとうさんはいくらかことばを強めて、

「わたしは、けっして望みを失いません。親の口からいうのもなんですが、あの子は知恵もあり分別もある子どもです。どんなおそろしい立場に立っても、きっと、なんとかして、うまくきりぬけてくれると思います」

ああ、子をみるは親にしかずというが、まったくそのとおりだった。それからまもな

く滋があらわした、あのすばらしい知恵と機転には、だれしも舌をまいて、感心せずにはいられなかったのである。

それはおひるすぎのことだった。

みすぼらしいなりをした少年が、金田一耕助にあてて、一通の手紙をもって来た。その封筒のおもてをひとめ見るなり、

「あっ、滋君からだ！」

と、謙三がさけび声をあげた。そこで大急ぎで封をきってみると、そこには、下のようなことが書いてあったのだ。

一同は思わず顔を見あわせた。

「それじゃ、珠次郎という少年と、滋をとりかえっこしようというのだね」

おとうさんがいった。

「そうです。それがぼくにはふしぎで

あれからぼくと鏡三君は捕われて、~~か~~怪獣男爵のところにいます。悲しくなってしまいます。怪獣男爵はひどいがき大将のようにぼくをいじめます。鬼をうわまわる人です。恐ろしさで血もこおる思いです。早く助けてください。きっとお願いします。怪獣男爵のいうのに珠次郎君と珠次郎君の持ってる鍵をよこせば、ぼくらを助けてくれるそうです。珠次郎君に鍵を持たせて、明晩六時◎　銀座尾張町《おわりちょう》の角に立たせておいてください

滋

金田一耕助先生

す」

　そうつぶやいたのは謙三である。

「ふしぎって、何がですか」

　金田一耕助がたずねた。

「ぼくは滋君の性質をよく知っていますが、じぶんが助かりたいために、他人をおそろしい立場にひきいれるような少年ではけっしてありません。だから、どんなにおどかされたって、こんな手紙を書くはずはないのだが……。

　それに、このみょうな文章、どうも日ごろの滋君らしくないんですが、と、いって、これは滋君の字にちがいない……」

　金田一耕助はそういわれて、もう一ど手紙に目をおとしたが、なに思ったか、だしぬけにバリバリガリガリ、モジャモジャ頭をかきまわすと、息をはずませて、

「わかった、わかった。おとうさん、おかあさん、謙三君、それから警部さんもよく見てください。これは暗号になっているんです」

「暗号……？」

「そうです、そうです。ほら、この六時の六の字に、二重丸がついてるでしょう。これに大きな意味があるのです。この手紙のはじめのほうの六行の、いちばん上の字と、下の字を全部かなになおして右から読んでごらんなさい。第一行の一番下にはかと書いて消してありますが、これは滋君がわざとやったんです」

そういわれて一同は、目を皿《さら》のようにして、手紙をながめましたが、ここには念のためにはじめの六行の上の字と下の字を、仮名になおして書いてみましょう。

あれから　　　　　か
かいじゅう男爵　悲しくな
ってしまいます　　　が
き大将　　　鬼をうわ
まわる人です。　血もこお
る思いです　　　　　き

「ああ、あかつき丸、神奈川沖！」

謙三が、思わず息をはずませた。

「そうです。そうです。滋君は神奈川沖に停泊している、あかつき丸という船のなかにとじこめられているのです。そして、怪獣男爵におどかされて、この手紙を書かされたとき、とっさの機転でそのことを、暗号として手紙のなかにいれたのです。

ああ、何《なん》というすばらしい少年でしょう。何という、おちついた、あっぱれな子どもでしょう」

金田一耕助はそういうと、うれしくて、うれしくてたまらぬように、モジャモジャ頭をひっかきまわした。

あかつき丸襲撃

こうして、滋のいどころがわかればこっちのものである。

怪獣男爵が滋と珠次郎をとりかえようといってきた時間は、あすの晩の六時だから、それまでには、じゅうぶん作戦をねる時間がある。

等々力警部も謙三も、大はりきりで勇気りんりんとしていたが、そのなかにあってただひとり、みょうに考えこんでいるのは金田一耕助。

「金田一さん。どうしたんですか。何をそんなに考えこんでいるんです」

「警部さん、ぼくは心配でならないんですよ。われわれの行動は、ぜんぶむこうへ、わかってしまうんじゃないでしょうか」

「どうして。なぜそう考えるんです」

「だって、警部さん、怪獣男爵といえども、千里眼のように、なにもかも見とおしというわけじゃないでしょう。それなのに、どうしてわれわれが、珠次郎君を発見したことを知っているのです。

われわれが珠次郎君を発見したのはきのうのことですよ。それをすでに知っているというのは……」

「知っているというのは……？　どうしたというんですか」

「われわれのまわりに、スパイがいるんじゃないかと思うんです。警部さん、ひょっとすると、警視庁のなかに、怪獣男爵のスパイがいるんじゃないでしょうか」

「ばかな――、そんなばかなことが……」

等々力警部は一言のもとにうちけしたが、すぐまた考えなおして、

「わかりました。金田一さん、そうおっしゃれば、そんなことがないともかぎりません。それではこんごの行動はできるだけ秘密のうちにはこぶことにいたしましょう」

こうして、等々力警部の手によって、注意ぶかい手くばりがされた。こんどこそ、警部は怪獣男爵の一味のものを、ひとりのこらずとらえてしまうつもりでいるのだから、その手くばりにも、ねんにはねんをいれたのである。

そして、その夜。

東京湾はいま、しずかな夜のとばりにつつまれている。

こんやはうつくしい星月夜、空には糸のように月をとりまいて、降るように星がまたたいている。

海の上はしずかにないで、風もなければ、波もおだやか。あちこちにまたたくともし火は夜づりをする船だろうか。

と、見れば神奈川沖のはるかかなたに一そうの船が停泊している。怪汽船あかつき丸である。あかつき丸はいま、あかりというあかりをことごとく消して、しずかなねむり

についているように見えた。

波の上にまっくろな、巨体をよこたえているところを見ると、なんとなく、まがまがしい感じである。

深夜の十二時。

どこかでボーオと、ものかなしげなサイレンの音がきこえた。と、いままであちこちにちらばっていた夜づりの船が、きゅうにかっぱつに動きだした。

いやいや、それは夜づりの船ではない、大がた小がたのランチである。

それらの船はいっせいに、ある一点をめざして進んでいった。ある一点とは、いうまでもなく怪汽船あかつき丸。

それらのランチのひとつに、金田一耕助ものっていた。耕助は甲板に立ってやみのなかによこたわる、怪汽船あかつき丸をみつめている。耕助からすこしはなれて、黒いベールで顔をかくした黒衣の人物。そして、そのそばに立っているのは、まぎれもなく、珠次郎ではないか。

「おとうさん、おとうさん」

珠次郎がそうよびかけたところをみると、ベールで顔をかくしたそのひとこそ、三つ子の父の鬼丸太郎にちがいない。

「おとうさん、あの船のなかにぼくの兄弟がいるんですね。にいさんや弟が……」

ベールのひとはだまってうなずいた。

「ああ、ぼく、はやくあいたいな。にいさんや弟に、はやくあいたいな」

鬼丸太郎と珠次郎のふたりは、こんやの計画を知って、むりになかまにくわえてもらったのである。等々力警部や謙三青年のすがたが見えないのは、ほかのランチにのっているのだろう。そのかわり井川《いがわ》刑事という警部の部下が、きんちょうした顔色で、珠次郎のそばに立っている。

「珠次郎君、もうすぐだよ。もうすぐきみは、にいさんや弟にあうことができるんだ」

金田一耕助はそれから井川刑事にむかって、

「井川さん、どうしたんでしょう。もうそろそろはじまりそうなもんですがねえ」

「そうです。もうすぐはじまりましょう」

包囲のあみはいまや完全にしぼられた。怪汽船あかつき丸をとりまいて、大小さまざまのランチが十五、六そう、あいずの号砲をいまやおそしと待ちかまえているのである。

時まさに十二時三十分。――とつぜん、東京湾のしずけさをついて、ごうぜんとピストルの音がひびいた。

と、いままで鳴りをひそめていた十五、六そうのランチから、いっせいにわっと、ときの声がおこったかと思うと、十数本のサーチライトが、あかつき丸を中心にいりみだれ、けたたましいエンジンのひびき。

なかにははやあかつき丸にとりついたものもあるとみえて、甲板のうえでうちあうピストルの音。いよいよあかつき丸襲撃がはじまったのだ。

金田一耕助はこのようすを、手に汗をにぎって見ていたが、そのときだった。とつぜん、あかつき丸の甲板にあたって、なにやら異様な爆音がきこえてきたかと思うと、えたいの知れぬ巨大なかげが、むくむくと甲板からうきあがってきたのである。

金田一耕助はびっくりして、その大きな怪物のかげにひとみをこらしていたが、

「ああ、ヘリコプターだ!」

と、思わずいきをのみこんだ。

怪獣男爵の脱走

ヘリコプターは甲板のさわぎをしりめにかけ、ふわりと宙に浮いたかと思うと、おりからの星空たかくのぼっていく。

それをめがけてピストルのたまがみだれとんだが、ヘリコプターはすぐに、たまのとどかぬ空たかく、まいあがってしまった。

「しまった! しまった! ヘリコプターの用意があるとは気がつかなかった」

金田一耕助はランチの上で、じだんだふんでくやしがったが、空と海、つばさなき身の追いかけるすべとてもない。

ヘリコプターは警官たちをあざけるようにゆうゆうと海上を旋回していたが、そのとき、あかつき丸の甲板から、ただならぬさけび声がきこえてきたので、ふりかえってみ

ると、ああ、なんということだろう。あかつき丸の船底から、大きなほのおがもえあがってきたではないか。

怪獣男爵はにげるにさきだち、船に火をはなっていったのだ。

ほのおは見る見るうちにもえひろがって、いまにもあかつき丸をひとなめにせんいきおい。おどろいたのは甲板にいたひとびと、敵も味方も右往左往、あわててランチにとびおりるものもあれば、海へとびこむものもある。

それにしても滋はどうしたか。怪獣男爵がつれ去っていてくれればよいが、もし船にのこっているとしたら……。

金田一耕助はそれを思うと、目のまえがまっ暗になるような気持ちである。

こうして金田一耕助は、あかつき丸に気をとられていたので、おなじランチにのっている、井川刑事のふしぎな態度に、すこしも気がつかなかった。刑事はすきを見すまして、懐中電燈をとりだすと、空にむかって二、三回ふった。それからそっと、珠次郎のうしろによりそった。

と、そのときヘリコプターから、なにやらパラリとおちてきたのはなわばしごだ。長い長いなわばしごである。ヘリコプターはなわばしごをぶらさげたまま、あいかわらず、ゆうゆうと空を旋回している。

金田一耕助もそれに気がついたが、まさかそれが、井川刑事のあいずによるとは気がつかなかった。きっと海にとびこんだ、仲間をすくおうとしているのだと思ったのである。それよりも気にかかるのはあかつき丸。

あかつき丸は、いまやはんぶん以上も火につつまれて、しだいに右へかたむいていく。むろん、甲板にはもう人影とてもない。

ドカン、ドカン！

とつぜんものすごい音がとどろいた。船につまれていた火薬がばくはつしたのにちがいない。青白いほのおが、いなずまのようにひらめいたかと思うと、あかつき丸はたちまち、大きな火の玉となってしまった。

その火の玉をとりまいて、まひるのような海上を右往左往するランチ。海のなかからすくいをもとめる声……。

金田一耕助は手に汗をにぎって、こういうようすを見ていたが、そのときである。だしぬけにうしろのほうで、ただならぬさけび声がしたので、びっくりしてふりかえると、ああ、なんということだろう。

ヘリコプターからおろされた、なわばしごのさきにとりついているのは、井川刑事ではないか。しかも刑事のかた腕には、珠次郎がだきすくめられているのだ。

「ああ、おとうさん、おとうさん！」

すくいをもとめる少年の声。

「おお、珠次郎！」

鬼丸太郎はあわててそばへかけよったが、そのしゅんかん、なわばしごはランチをはなれて、空高くまいあがっていった。

それとみて付近のランチから、パンパンとピストルがはなたれたが、すぐにそれもやんでしまった。珠次郎にあたってはならぬと思ったからである。

井川刑事はゆうゆうと、珠次郎をだいたまま、なわばしごをのぼっていく。いまはもううたがう余地はない。井川刑事こそ、怪獣男爵のスパイだったのである。

ひとびとは手に汗をにぎって、このようすをながめていたが、そのときだった。ヘリコプターから大きな袋がなげおろされた。袋はいったん海へしずんだが、すぐまた浮かびあがってくると、プカプカと水のうえに浮いている。五、六そうのランチが、すぐそのまわりに集まった。

「あっ、人間だ、人間だ。だれか人があの袋のなかにいれられているのだ！」

そうさけんだのは謙三のようだった。みるとなるほどその袋は、人間のかたちをしていてしかも、ぴくぴく動いている。

金田一耕助はそれを見ると、すぐにランチをそばへよせ、袋を海からひきあげると、口をきって、なかから人をひきだしたが、そのとたん、おどろきの声が口をついて出た。

「おお、滋君、滋君、滋君じゃないか」

「ああ、先生、ぼくは……ぼくは……だいじょうぶです」

滋はそれだけいうと、金田一耕助にだかれたまま、気をうしなってしまった。

ああ、怪獣男爵は珠次郎をうばいさったかわりに、滋をかえしてよこしたのである。

空をあおげば、なわばしごにはもう人影はなく、ヘリコプターは星月夜の空たかくまいあがると、水平線のはるかかなたに、すがたを消してしまった。

燃えさかるあかつき丸をあとにのこして……。

鬼丸太郎の告白

こうして神奈川沖におけるあかつき丸襲撃は、あれほどの大さわぎにもかかわらず、けっきょくは大失敗だった。

とらえられたものといえば、みんな下っぱの連中ばかり、なかにはそんな悪い船とも知らず使われていた人さえあったくらいである。

そして、かんじんの怪獣男爵や小男の音丸三平、さては、にせ身体不自由者の津川先生たちは、剣太郎や鏡三をつれて、まんまとヘリコプターでにげてしまったのだ。

ただ、立花滋をとりかえすことができたのが、せめてもの成功といえたが、それとても、珠次郎がうばいさられたのだから、さしひきするとゼロみたいなものである。

それだから、さわぎのしずまるのを見とどけて、警視庁の一室へひきあげてきた、等々力警部や金田一耕助、さては謙三たちは、すっかりしょげきっていた。

「鬼丸太郎さん」

金田一耕助はベールの人にむかって、

「あなたには、なんともおわびの申しあげようもありません。ぼくがそばについていながら、珠次郎君をとられてしまうなんて……」

「いや、いや、それはあなたのあやまちではありません。わたしのほうが、あなたより珠次郎のちかくにいたのですから……」

「なんにしても、ヘリコプターを持っていようなどとは夢にも思わなかった。それと知ったら、もっと用意のしようがあったのに……」

等々力警部はいかにもざんねんそうである。

「これでまた、手がかりがなくなったわけですね。怪獣男爵がどこへ逃げたか……」

謙三も、くやしそうにつぶやいたが、そのときだった。

「いいえ、そんなことはありません」

と、きっぱりといいきったのは鬼丸太郎。

「怪獣男爵がどこへにげたかわかっています。あいつは迷宮島《めいきゅうとう》へいったのです」

「迷宮島……？」

一同は思わず鬼丸太郎の顔を見なおした。

さっきから部屋のすみにねかされていた滋も、ようやく正気にもどったのか、むっくりと頭をあげて、一同の話をきいている。

「そうです。迷宮島です。怪獣男爵はわたしの三人の子をとりこにしました。そして三つの鍵《かぎ》を手にいれました。だからあいつらはその鍵で、大迷宮の扉《とびら》をひらき、わたしのかくしておいた大金塊を、手にいれようとしているのです」

「大金塊ですって？　それじゃ、そんなものがほんとにあるんですか」

等々力警部が息をはずませた。

「あります。迷宮島の大迷宮のおくに、わたしがかくしておいたのです」

金田一耕助はまゆをひそめて、

「しかし、鬼丸さん。あなたはどうしていままでに、それをとりにいかなかったのです」

「それはできないのです。三つの鍵がないかぎりは、かくした本人のわたしでさえも、大金塊に近よることはできないのです」

「鬼丸さん、もっとくわしくお話しくださいませんか。あなたはどうして、そんなことをなすったのですか」

金田一耕助はふしぎそうにたずねた。

「お話しましょう。みなさん、きいてください。こういうわけです」

そこで鬼丸太郎がうちあけた話というのは、世にもふしぎな話だった。

アメリカで世界的サーカス王といわれていた鬼丸太郎が、サーカスを売ろうと決心したのは、三つ子の子どもがうまれたからだった。

鬼丸太郎は三人の子を、日本で教育したいと思って、サーカスを売り、その代金をぜんぶ金塊にかえ、日本に持ってかえったのである。

「わたしは、それをなんべんにもわけて、日本へ持ってかえりました。そして、まえに買っておいた瀬戸内海の無人島に、大迷宮をつくり、そのなかに金塊をかくしたのです。そして迷宮をひらく三つの鍵を、三つ子のからだにひとつずつ、ぬいこめておいたのです」

鬼丸太郎がなぜそんなみょうなことをしたかといえば、弟の鬼丸次郎をおそれたからだった。鬼丸博士は学者のくせに、はらぐろい人物で、かねてから大金塊をねらっていたのだ。

「わたしは弟のために、いつ殺されるかもしれないと思いました。だからじぶんが死んでも三人の子が大きくなれば金塊が、手にはいるようにと思って、そういう用心をしたのです。わたしは三人をべつべつの人間にあずけて、そだててもらうことにしました」

鬼丸太郎のその用心はよかったのである。

なぜならば、鬼丸太郎がそれだけの用意をととのえ、さて、サーカスのあとしまつに、もういちどアメリカへわたってかえってきたとき、かれは船のうえから鬼丸博士にゆうかいされて、迷宮島の土牢《つちろう》のなかにとじこめられてしまったからだった。

「弟は迷宮をひらく方法をおしえろといいました。わたしはおしえませんでした。それでわたしは十二年という長いあいだ、せまい土牢のなかにとじこめられていたのです」

ああ、それはなんというおそろしい話だろう。十二年間の土牢生活、きいただけでもゾッと身ぶるいがするではないか。

「しかし、弟にせめられているうちはまだよかったのです。そのうちにもっとおそろしいことがおこりました。怪獣男爵が秘密をかぎつけ、弟にかわってわたしをせめはじめたのです。

ああ、そのおそろしさ、わたしは去年やっとのことで、土牢を脱走することができたのですが、それまでに、なんべんあいつのために、死ぬようなめにあわされたかしれません。わたしの顔がこのように、どくろみたいになったのも、みんなそのあいだの苦しさ、おそろしさのためなのです」

鬼丸太郎はそういって、どくろのようなあの顔を、ひしとばかりに両手でおおうのだった。

迷宮島

さて、話かわって、瀬戸内海のほぼなかほど、広島県の海岸線から、はるか南の海上に、周囲一里ばかりの小島がある。

そこはもと無人島だったのだが、いまから十五年ほどまえに、アメリカがえりの金持ちが、買いとったとかいうことで、大工事がはじまった。

工事は、やく一年ほどつづいて、島の中央のおかのふもとに、まるで西洋の城のようなりっぱな家がたったが、どういうわけか、それきり住むひともなく、いまではあれるにまかせてあった。

だからいまでも島のちかくを船でとおると、物見やぐらや鐘つき堂が、赤松林のうえにそびえているのが見えるのである。

ちかくの島に住むひとは、この島をゆうれい島とよんでいて、だれひとり近よるものはいなかった。

それというのがその島には、どくろのような顔をしたゆうれいが出るだの、人か猿《さる》かわからぬような怪物が住んでいるだの、いろいろあやしいうわさがあるからである。

さて、神奈川沖であの大さわぎがあったつぎの日のことだった。ゆうれい島のちかくの島では、またしてもみょうなうわさがたっていた。

ゆうべま夜中に、空にあたってみょうな爆音がきこえたかと思うと、それが幽霊島におりていったというのである。

だから、いまにあの島になにか、おそろしいことがおこるにちがいないが、どんなことが起ってもけっして近よってはならぬと、たがいにいましめあっていたのだ。

ああ、それにしても、ひとびとがきいた爆音とは、ヘリコプターではなかっただろうか。神奈川沖から脱出した怪獣男爵が、ひょっとするとこの島へ、おりたのではないだろうか。そして人のおそれるこの島こそ、大金塊のねむる迷宮島ではあるまいか。

そうだ、そうだ。そのとおりなのである。

そのしょうこには、赤松林のうえに見えるあの物見やぐらのなかに立っているのは、小男の音丸三平ではないか。

それにしても、小男はそんなところで、いったい、何をしているのだろうか。ぴったりと物見やぐらの壁に身をよせ、さっきから一心に下を見おろしているのだ。その目はまるでえものを狙《ねら》ったタカのようなするどさである。

ああ、わかった。

小男がねらっているのは、あのにせ身体不自由者の津川先生なのだ。津川先生はそんなところから小男が見ているとは知るや知らずや、地図のようなものをかた手に持って、城のまわりをあるきまわっているのである。

それにしても読者がもし、ひとめでも空からこの島を見おろしたら、どんな大きなおどろきにうたれることだろう。

うえから見ると島全体が、大きなくもの巣のように見えた。

島の中央にある城を中心として、四方八方に道が放射しており、それらの道を、無数のわき道がつないでいる。そして、どのみちも両がわには、たかいコンクリートの塀《へい》がめぐらしてあるのだ。

読者は迷路というのをごぞんじだろう。よく雑誌のクイズやなんかに出ているが、迷宮島は島ぜんたいが大きな迷路になっているのだ。たかいコンクリートで両がわをさえぎられた道のなかには、とちゅうで袋になっているのもあるし、また、いくら歩いてもいつのまにかもときたところへかえる道もある。

ああ、なんというすばらしい大工事だろう。これこそは世界的サーカス王、鬼丸太郎が、じぶんの一生の富をかけてつくった大迷路、大迷宮なのだった。

それはさておき、地図をかた手に迷路のなかをあるきまわっていた津川先生は、どうしても思うところへ出られないのか、しばらくするとがっかりしたような顔色で、城のほうへひきかえしてきた。

それを見ると小男も、すばやく、物見やぐらから、すべりおりていった。

城へかえってきた津川先生は、あたりのようすをうかがいながら、じぶんの部屋へかえっていったが、しばらくして出てきたところを見ると、ああ、なんということだろう。鬼丸太郎そっくりの、どくろの面をつけ、マントを着ているではないか。

わかった、わかった。津川先生は鬼丸太郎に変装して、なにか悪いことをしようとしているのだ。

そして、それにつけても思い出すのは、いつか軽井沢で剣太郎のじいやを殺したどくろ男のことだが、あれも鬼丸太郎ではなく、津川先生が、鬼丸太郎に変装していたのではないだろうか。

それはさておき、どくろ男に変装した津川先生は、ひろい城内のホールを、しのびあしであるいて行く。

ゆうべのつかれで、怪獣男爵をはじめとして、ほかの連中はみんなぐっすり寝ているはずである。もうそろそろ日の暮れかけた城のなかは、シーンとしずまりかえってうすぐらい。

津川先生は大きなかしのドアの前に立ちどまった。そして、しばらくなかのようすをうかがっていたが、やがてそっとドアを押した。ドアはなんなくひらいたので、津川先生はすばやくなかへすべりこみ、ドアをぴったりしめた。

窓という窓には、カーテンがおりているので、部屋のなかはまっくらである。津川先生はしばらくあたりのようすをうかがっていたが、やがて手さぐりで部屋のすみにあるたんすのそばへよると、ひきだしを開いて、ゴソゴソなかをかきまわした。

しかし、そのひきだしには、ねらっている品がなかったのか、また、つぎのひきだしに手をかけたが、そのときだった。くらやみのなかでガチャリと音がしたかと思うと、

「うわっ、しまった！」

と、いう津川先生のさけび声。

とたんにパッと電気がついたが、その光で、部屋のなかを見まわした津川先生は、どくろ面のおくで、まっ青になってしまった。

部屋の中央にあるいすには、怪獣男爵がゆったりすわっているではないか。そして、そのうしろには、鉄のくさりで腰をつながれた、剣太郎、珠次郎、鏡三の三つ子少年が、ゆうれいのような顔をして立っているのだ。ドアのほうを見ると、そこには小男の音丸と、にせ刑事の井川が、ニヤニヤしながら立っているのである。おまけに津川先生は、いつの間にやら両手に手錠をはめられているではないか。

「これ、津川！」

怪獣男爵はいかりに声をふるわせた。

「きさまはここへ何しにきた。おおかた三つの鍵をぬすもうと、しのびこんで来たのであろう。あの、ここな、ふとどきものめ！」

「いいえ、いいえ、男爵さま……」

「いうな、いうな。かねてから、きさまがわしをだしぬいて、大金塊をよこどりしようとたくらんでいることは、わしはちゃんと知っていたのだ。津川、うらぎりものにたいするおきてを、きさまもよく知っているはずだな」

怪獣男爵はのどのおくでひくく笑うと、

「ちょうどいい。これからいよいよ大迷宮の扉をひらこうという、かどでの血祭じゃ。津川、かくごはよいだろうな」

怪獣男爵のゴリラのような指が、ひらいたり、つぼんだりした。津川先生はまっ青になってぶるぶるふるえている。

迷路を行く

それはさておき、怪獣男爵がヘリコプターで、迷宮島へおりたつぎの日の、日が暮れてからまだまもないころのことだった。

おりからの月明かりをたよりに、迷宮島の東の入江へ、しずかにこぎいれていく小船が二そうあった。いずれもこのへんの漁師がつかう、ふつうの小さい漁船である。

それにしても、人もおそれるこの島へ、しかも日が暮れてから近づくとは、なんという大胆な人々だろうと、よくよく見ればそれもそのはず、これこそは怪獣男爵のあとを追って、東京からやってきた金田一耕助とその一行ではないか。

まず、先頭の船にのっているのは、金田一耕助と等々力警部、それからどくろ男の鬼丸太郎。

第二の船には立花滋と謙三、むろん、どの船にもひとりずつ、警官がのっていて、船をこいでいるのだ。

二そうの船はしずかに入江のおくへすすんでいく。空には利鎌《とがま》のような月がかかって、月光のなかにくっきりと、城のようなたてものがそびえている。それを見ると滋は、武者ぶるいが出る感じだった。

やがて船が船着場へつくと、鬼丸太郎がまず第一に船から陸へとびあがった。それにつづいて金田一耕助と等々力警部。滋も謙三といっしょに船からあがった。

やがて一同が上陸すると、鬼丸太郎が先頭に立ち、島のおくへとすすんで行った。だれひとり口をきくものはなく、おとなたちはかた手にピストル、かた手に懐中電燈を持っていたが、さいわいの月明かりに、懐中電燈の必要はなさそうだった。

いくこと一キロあまりにして、一同は、はば十メートルばかりの堀《ほり》のそばに着いた。

見ると対岸には高い城壁がめぐらしてあり、正面にはアーチがたの城門が見え、その城門のすぐ前に橋がななめに、空にむかってはねあげられているのだ。金田一耕助は橋を見あげながら、

「鬼丸さん、あの橋がおりてこなければ、われわれはこの堀をわたることができませんね」

「だいじょうぶ、こちらからでも橋をおろすことができます。怪獣男爵が気がついて、そのしかけをこわしていないかぎりは……」

鬼丸太郎は堀についている石段を、五、六段おりていくと、石がきの石を一つとりのけ、穴のなかへ両手をつっこみ、ハンドルをまわすような手つきをしていたが、するとどうだろう。あのはね橋が音もなく、こちらへむかっておりてくるではないか。

一同が思わず、手に汗をにぎっているうちに、橋はぴったり一同の前におりた。

鬼丸太郎は石段をのぼってくると、

「さすがの怪獣男爵も、このしかけには気がつかなんだとみえる。さア、じゃまのはいらぬうちに橋をわたってしまいましょう」

滋はまるで、おとぎばなしの国へ来たような気持ちである。橋をわたると城門には大きな鉄の扉がしまっている。

鬼丸太郎はポケットから古びた鍵をとりだすと、やがて鉄の扉は八文字にひらかれた。

そのとき鬼丸太郎は一同をふりかえり、

「さア、われわれはこれから大迷宮のなかへはいるのですが、みなさんはけっしてわたしのそばをはなれてはなりませんぞ。大迷宮のなかで迷うと、とてもそとへは出られませんからね」

それを聞くと一同は、思わずさっと緊張した。滋も胸がどきどきしてきた。

扉のなかは短いトンネル。そのトンネルをぬけて、城壁のなかへ一歩足をふみいれたせつな、滋はまた、おとぎばなしの国へ来たような、なんともいえぬ不思議な気がした。

そこには半径二十五メートルばかりの、コンクリートでかためた広場が、正確な半円をえがいているのだが、その周囲には高さ五メートルばかりのコンクリートのへいが、ずらりとめぐらしてある。そしてそのへいのはるかかなたに、物見やぐらが見えるのだ。

鬼丸太郎はそれを指さし、

「みなさん、ごらんなさい。あのへいには五つの道がひらいています。しかし、むこうに見える物見やぐらへ行きつくことができるのは、たった一つの道しかないのです。もしまちがってほかの道へふみこんだら、それこそ、大迷宮のなかへまよいこんでしまうのです。さア、いきましょう」

鬼丸太郎はつかつかと広場を横ぎると、右から二つめの道へはいっていった。その道というのは、はば三メートルほどあって、両がわには五メートルほどの高さのコンクリートべいが、ずらりとめぐらしてある。

だから、前と後と上以外には、どこも見えないようになっているのだ。

この道をいくこと三百メートル。

そこにはまた直径五十メートルの円形広場があり、広場をとりまくコンクリートべいには、いま来た道もふくめて、五つの道がひらいていた。

「みなさん、おわかりですか。さいわいにして迷路の入口で、正しい道をえらんだとしても、ここでまちがったらなんにもなりません。さア、わたしについておいでなさい」

鬼丸太郎はへいぞいに、広場を右へまわったが、やがて二つめの道へはいっていった。

滋もそのあとからついていったが、その道もさっき来た道とぜんぜん同じで、目印一つない。

しかもいくこと三百メートル、そこにはまたもや、さっきの広場と寸分ちがわぬ広場があって、同じような五つの道がついているではないか。

鬼丸太郎はこんどはその広場を左へまわると、すぐとなりの道へはいっていった。

金田一耕助はしだいにこうふんしてきて、

「鬼丸さん、鬼丸さん、もしまちがって、ほかの道へはいっていったらどうなりますか」

「そこにもやっぱり、三百メートルいくと広場があり、広場には五つの道があります。こうして広場と道は島ぜんたいにひろがっているのですが、広場にも道にもなんの目印もありませんから、いちど通ったところへかえってきても気がつきません。だからいったん迷路へふみこんだらとても出ることはできないのです」

それをきくと滋はゾッとするような気味わるさを感じないではいられなかった。

しかも、いけどもいけども同じような道と広場ばかり、滋はなんだか頭がへんになりそうだった。

しかし、さしもに長いこの迷路も、やっとおわりに近づいた。

第八番めの広場をすぎると、鬼丸太郎が一同をふりかえり、

「さア、みなさん、われわれはまもなく、迷路を出ます。迷路のそとにはお城がありますが、そのお城には怪獣男爵がきているにちがいありませんから、どなたも用心してください」

それを聞くと一同は、またあたらしい危険にさっと緊張した。

地底の爆発

第八番めの広場をすぎていくこと三百メートル。

はたして一同は迷路のそとへ出たが、滋はそのときのこうふんを、のちのちまでわすれることができなかった。

迷路のそとにはゆるい傾斜をした丘があり、丘の上にはあの城が、月光のなかにそそり立っているのだ。それはまるでおとぎばなしか、夢の世界のような風景だった。

一同はしばらく地上に身をふせて、城のようすをうかがっていたが、あたりはシーンとしずまりかえって、ひとのけはいはない。

とつぜん、城のむこうの森で、するどい鳥の声がしたが、それが消えると、あとはまた墓場のようなしずけさ。

一同は地上をはうようにして、坂をのぼっていったが、別にとがめるものもなくぶじに玄関までたどりつくことができた。

そこでまた一同は耳をすましたが、城のなかはひっそりしてものおとひとつきこえない。

鬼丸太郎は鍵を出して玄関のドアをひらいた。玄関のなかは広いホール。

むろんあかりはついていないが、窓からさしこんでくる月光に、ぜんぜんなんにも見えぬということはない。

鬼丸太郎はすりあしで、ホールを横ぎると大きなかしのドアの前に立ち、また、きき耳をたてている。

「なにかきこえますか」

金田一耕助が小声で聞いた。

「いいえ、怪獣男爵がいるとすれば、この部屋ですが、ひょっとするとあいつは地下迷路へはいっているのかもしれません」

「地下迷路……！」

金田一耕助はくらやみのなかで目をみはったが、鬼丸太郎はそれにはこたえず、そっとドアをおした。ドアには鍵がかかっていなかったらしく、なんなく開いた。

鬼丸太郎はかべの上をさぐって、電気のスイッチをひねったが、そのとたん、一同は思わず、ピストルをにぎりしめた。部屋の正面の安楽いすに、男がひとり、ゆうぜんと腰をおろしているのだが、なんとそいつの顔は鬼丸太郎とそっくりではないか。

「だれだ、そこにいるのは!」

等々力警部がピストルをかまえ、声をはげましてたずねたが、へんじはおろか、相手は身うごきひとつしない。

「おい、へんじをしろ、へんじを……へんじがないと撃つぞ!」

しかし、それでも相手は、へいぜんとして、へんじはおろか身うごき一つしないのだ。

警部はふしぎそうに顔をしかめていたが、やがて思いきったように、つかつかと安楽いすのそばにより、男の肩に手をかけた。するとどうだろう。そのとたん、男のからだがずるずるといすからすべり落ちたかと思うと、バサリと落ちたのはどくろの仮面。

「あっ、津川先生だ!」

と、滋がさけんだのと、等々力警部が、

「あっ、しめ殺されている!」

と、びっくりしたのはほとんど同時だった。いかにもそれは津川先生……しかもその津川先生はむざんにしめころされていたのである。

「怪獣男爵のしわざですね。ごらんなさい。こののどを……大きな指のあとがついている」

金田一耕助は身ぶるいしながら、

「それにしても、怪獣男爵はどこへいったのか」

と、あたりを見まわしたが、そのときだった。どこかでドカンと爆発音が聞えると同時にあたりがゆらゆらゆれたのは……。

「地震……？」

「いいや、地震ではありません」

そうさけんだのは鬼丸太郎。こうふんに声をふるわせて、

「あれは地下迷路の爆発した音です。だれかが迷路の扉をあけそこなったのです。しかし、ふしぎだ、そんなはずはない。怪獣男爵はほんものの三つの鍵を持っている。爆発なんてするはずがない。しかし行ってみましょう。みなさん、来てください」

先頭に立って走りだす鬼丸太郎に追いすがりながら、滋が声をかけた。

「おじさん、おじさん、それでは鍵がちがっていると爆発するの」

「そうだ、そうだ。そのとおりだ。あの鍵は見たところなんのへんてつもないが、たいへんびみょうにできていて、一ミリの十分の一でもくるいのある鍵で、むりに扉をあけようとすると、爆発するしかけになっているのだ。つまり、そしてぜったいに、合鍵ができないようにしておいたのだ」

滋はそれをきくと、なにかしら、不思議なほほえみをうかべた。

男爵の最期

それはさておき、城のうしろに森のあることは、まえにも書いておいたが、その森は高いがけの上にしげっているのだ。がけの下には谷川が流れているが、その谷のほとりに、ちょっと大きな洞窟《どうくつ》があった。

鬼丸太郎は一同をそこまで案内すると、

「これが地下迷路の入口です。この島は石灰岩からできているので、地下には鍾乳洞《しょうにゅうどう》がくもの巣のように走っているのです。わたしはその鍾乳洞に手をくわえ、一大地下迷路をつくりました。そしてそのおくに大金塊をかくしたのです。さア、いってみましょう」

「ああ、ちょっと待ってください。地下迷路の入口は、これだけですか」

「そうです。ほかにもあったのですけれど、みんな岩でふさいでしまいました」

「よし」

等々力警部はふたりの警官をふりかえり、

「きみたちはここで見張りをする。いいか、あやしいやつがとび出してきたらかたっぱしから、ひっとらえる。わかったね」

「はっ、しょうちしました」

ふたりの警官をそこにのこして、ほかのものはぜんぶ洞窟のなかへもぐりこんだ。洞窟のなかはまっ暗なので、みんなてんでに懐中電燈をふりかざしていた。

　はじめのうち洞窟はひくくて、せまくて、おとながやっと立って歩けるくらいだったが、いくほどに、しだいに高く、ひろくなって、いくこと三百メートル。きゅうにあたりがひろくなったかと思うと、直径二十メートルばかりの円形広場にぶつかった。

「ごらんなさい。わたしはここを青銅の殿堂とよんでいました。第一の扉はここにあるのです」

　一同は懐中電燈の光であたりを見まわし、思わず、あっと感嘆の声をはなった。

　広場の壁という壁には、無数の鍾乳石が、白蛇《しろへび》のようにからみあい、天井からもいちめんに、大小さまざまのかたちをした、鍾乳石がぶらさがっている。

　そして、それらの鍾乳石のあいだに、点々として青く光っているのは蛍石《ほたるいし》だろう。そのうつくしさ、荘厳さは、筆にもことばにもつくせぬくらいで、滋は全身がしびれるような気がしてならなかった。

「この広場には七つの洞窟が口をひらいています。わたしはその一つを大きな岩の扉でふさぎ、それを第三の鍵でひらくようにしておいたのです。ごらんなさい。その扉がひらいているところを見ると、怪獣男爵が中へはいっているにちがいありません」

　なるほど、鬼丸太郎の指さす洞窟の入口のそばには、大きな岩がレールにのっかって横たわっている。

　その岩にはふとい鉄のくさりが網のようにからみついているのだ。

鬼丸太郎はその洞窟のそばにより、かたわらの壁を指さすと、

「ほら、そこにかべをくりぬいて、青銅の仏像がおいてあるでしょう。その仏像のおなかに鍵穴があります。その鍵穴へ第三の鍵をいれて、右へ七度まわせばこの岩がうごくのです」

その仏像というのは、高さ五十センチばかりの、ごく小さなものだったが、それがこの大きな岩を動かす力を持っているのかと思うと、滋はいまさらのように、機械の力の偉大さに、おどろかずにはいられなかった。

「さア、この中へはいってみましょう。怪獣男爵は、きっと、このおくにいるにちがいありません」

「ああ、ちょっと待ってください」

金田一耕助は立ちどまって、

「もしまちがって、ほかの洞窟へまよいこんだらどうなりますか」

「それこそ、とても生きてふたたび、洞窟を出ることはできないでしょう。そこには天然の鍾乳洞のほかに、わたしが手をくわえてこしらえた迷路が網の目のように走っていますから、なにも知らないものがまよいこんだら、それこそ、みずから地獄へおりていくのも同じです」

「鬼丸さん、あなたは、どうしてそんな迷路をこしらえたのです。それもみんな、大金塊をかくすためですか」

「いいえ、そればかりではありません。地上の大迷宮といい、地下のこの大迷路といい、みんな外人をよぶためです。わたしは永く外国にいたので外人の気持ちをよく知っています。かれらは迷宮だの迷路だのというものをことのほか好むのです。わたしはこの島全体を、一大観光地にするつもりでした」

滋は、それをきくと思わず、あっと感心した。

金田一耕助もうなずいて、

「わかりました。いまに、きっとあなたの希望が、とげられるときがくるでしょう。さア、それでは中へはいってみましょう」

鬼丸太郎を先頭に立て、一同はまた洞窟のなかへもぐりこんだが、ものの二百メートルもあるいたころ、鬼丸太郎がふいにギョッとしたように立ち止まった。

「鬼丸さん、どうかしましたか」

「しっ、むこうからだれかくる。みなさん、懐中電燈を消してください」

それを聞くと一同は、あわてて懐中電燈を消すと、ぴたりと洞窟の壁に身をよせた。

いかにも鬼丸太郎のいうとおりである。たしかに、だれかむこうからやってくるのだ。ドタバタという足音にまじって、ひくい、おこったようなうめき声がきこえてきた。それをきくと滋と謙三は思わずゾッと全身の毛がさかだつのをおぼえた。

ああ、その声……それこそはまぎれもなく、怪獣男爵のうめき声ではないか。

一同がいきをのんで待ちかまえているとも知らず、まもなくむこうのほうから懐中電燈の光が二つあらわれた。ああ、もうまちがいはない。怪獣男爵と、小男の音丸三平。怪獣男爵はけがでもしたのか、ヨロヨロしながら、いかりにみちたうめき声をあげている。それを見ると等々力警部が、ふいにズドンと一発ぶっぱなした。

おどろいたのは怪獣男爵と小男だ。あわてて懐中電燈を消すと、ズドン、ズドンとむこうからもうってきた。それとみるやこちらからも、いっせいにピストルが火をふいた。

こうしてしばらく、まっくらな地下の洞窟で、ピストルのうちあいがつづけられていたが、多勢に無勢、とてもかなわぬと思ったのか、怪獣男爵はいかりにみちたさけび声をあげ、もと来た道へとにげて行った。

一同はそれを追っかけていくうちに、またさっきと同じように、直径二十メートルばかりの広場へ出た。

「これが白銀の殿堂です。しかし、怪獣男爵はどっちのほうへ逃げたのか……」

そこにも七つの洞窟が口をひらいていた。一同は懐中電燈をつけて、あたりを見まわしていたが、ふいに謙三が、

「あっ、こっちです、こっちです。ほら、ここに血のあとがつづいています」

と、さけんだ。

なるほど、見れば点てんとつづいた血のあとが広場を横ぎって、ひとつの洞窟のなかへ消えているのだ。

謙三がいきおいこんで、その洞窟へとびこもうとするのを腕をとって、ひきもどしたのは鬼丸太郎。

「よしなさい。怪獣男爵はもう死んだも同じことです。それよりこうして……」この洞窟へまよいこんだら、とてもふたたび出ることはできますまい。

鬼丸太郎はピストルを、洞窟のおくめがけて、ぶっぱなした。

ほかの人たちもそれにつづいて、ズドンズドンとうちまくった。

「さア、こうしておけばあいつはいよいよおくへ逃げこむでしょう。そして、地底の迷路をいつまでも、さまよい歩くのです」

こうしてさしもの怪獣男爵も、地下迷路のなかへ消えてしまったのだった。

第一の鍵《かぎ》

「さア、これで怪獣男爵はかたづきました。それでは黄金《おうごん》の殿堂へいってみましょう」

前にもいったとおり、そこは白銀の殿堂というのだが、そこにも壁をくりぬいて、小さな白銀の仏像がおいてあった。そしてその仏像のすぐそばに、さっきと同じような岩の扉《とびら》がひらいているのだ。いうまでもなく怪獣男爵が第二の鍵でひらいたのだった。

鬼丸太郎を先頭に立て、一同はその洞窟へはいっていったが、いくらもいかぬうちに、もうもうたる土けむりが、洞窟のなかにたちこめているのに気がついた。

「あっ、これは……」

一同は思わずハンケチで口をおさえた。

「黄金の殿堂が爆発したのです」

鬼丸太郎はしずんだ声でつぶやいた。

「それにしても、どうしてこんなことになったのか、怪獣男爵はほんものの鍵を持っているはずなのに……」

進むにしたがって、土けむりは、いよいよはげしくなってきて、息をするのも苦しいくらいである。それをこらえて、おくへおくへと進んでいくうちに、あっとさけんで立ちどまったのは滋だった。

「ど、どうしたの、滋君！」

と、金田一耕助。

「だれかが、おくのほうで呼んでいます。あ、あれは、剣太郎君や鏡三君の声だ！」

それを聞くと一同は、脱兎《だっと》のごとく走りだした。

もう土けむりなど、もののかずではない。いくことおよそ三百メートル、一同は大きな土くずれにぶつかった。

「剣太郎、珠次郎、鏡三！」

鬼丸太郎がむちゅうになってさけんだ。

「あっ、こちらです。こちらです。助けてください！」

土くずれのむこうから、三人の少年が口ぐちにさけぶのがきこえた。一同はやっきとなって土くずれのあいだをさがしたが、やっと人ひとりは出せるくらいのすきまを見つけた。怪獣男爵と小男も、そこからはい出してきたにちがいない。点々として血のあとがつづいている。

一同がそのすきまからはいこんでいくと、土くずれのむこうがわには、かなりひろい空地がのこっており、そこに剣太郎、珠次郎、鏡三の三少年が、まっ青になってたたずんでいた。

三人は鉄のくさりで、鍾乳石のふとい柱にしばりつけられているので、身動きさえもできないのだった。

「ああ、剣太郎、珠次郎、鏡三、おまえたちはぶじだったか。剣太郎や鏡三はまだ知るまいが、わたしがおまえたちのおとうさんだよ」

こうして、ながい別れののちにめぐりあった親子四人が、どんなによろこびあったか……それらのことはあまりくどくどしくなるからはぶくとして、そのとき、とつぜん、

「あっ、こんなところに人が死んでいる！」

そうさけんだのは謙三だった。

その声に一同がふりかえってみると、なるほどいまの土くずれで、おしつぶされたのだろう。男がひとり大きな岩のかたまりの下じきになって死んでいた。懐中電燈の光で見ると、それはにせ刑事の井川だった。

ああ、天のさばきはなんというきびしさだろう。罪のない三少年はぶじに助かったのに、井川は土くずれの下じきとなり、怪獣男爵と小男は、おそろしい地下の迷路にすいこまれてしまったのである。

一同はしばらくシーンと顔を見合わせていたが、やがて鬼丸太郎がかたわらの壁を指さし、

「みなさん、これをごらんください。ここに金色の仏像があるでしょう。この仏像にも小さな鍵穴があります。ここへ第一の鍵をさしこんで右へ七度まわすと、そこにある岩の扉が開くのです。そして、その扉のうしろには、大金塊があるのですが、第一の鍵を失ったいまとなっては……」

鬼丸太郎がかなしげに声をうるませたときだった。とつぜん、大声でさけんだものがある。滋だった。

「おじさん、その鍵ならここにあります！……」

一同はびっくりしてそのほうを見ると、滋は声をふるわせながら、

「ぼくはもしものことがあってはならぬと、この鍵のにせものをこしらえておいたのです。怪獣男爵にゆうかいされたとき、ぼくの持っていたのはにせものです。ほんものはうちにしまっておいたのです。おじさん、これこそ、ほんとうのナンバー・ワンの鍵です」

「滋君！」

鬼丸太郎は滋の手から、小さな鍵をうけとると、ふるえる手で仏像の鍵穴にさしこんだ。そして、一度、二度、三度……鍵をまわすにつれて、あの大きな岩の扉が、ギリギリ、ギリギリ歯車の音とともにひらいていくではないか。

金田一耕助と等々力警部、それから謙三の三人は、息をのんでそれを見まもっていたが、やがて扉がひらくといっせいに、懐中電燈の光をそのおくにさしむけた。と、そのとたん、なんともいえぬふかい感動の声が、一同のくちびるをついて出たのである。

懐中電燈の光をうけて、さんぜんとかがやいているのは、人間の大きさほどもあろうという黄金のあみださま。ああ、それこそは、何億円というねうちのある大金塊なのだった。

さア、ながらくつづいたこの物語も、これでいよいよおしまいである。

大金塊はぶじに地下迷路よりそとへはこび出された。鬼丸太郎はそれを政府の手で処分してもらった。

鬼丸太郎はいまや大金持である。しかし、かれはそれをけっしてむだにつかおうとはしなかった。それをもとでに、迷宮島に手をいれて、そこを一大観光地にしようと一生けんめいである。剣太郎、珠次郎、鏡三の三少年もおとうさんに力をあわせてはたらいている。

やがてそこが瀬戸内海の一名物となり、外国の観光客をよびよせるのも間近いことだろう。

それにしても怪獣男爵はあれからどうしただろうか。その後鬼丸太郎は大勢の人をやとって、地下迷路をくまなく探したが、とうとう怪獣男爵や部下の小男の姿を発見することはできなかった。怪獣男爵は人知らぬ迷路のおくで死んだのだろうか。いやいや、あのわるがしこい怪物のことだから、どこかに抜け道を発見してひそかに脱出したのではないだろうか。そしてまた、どこかで悪事をたくらんでいるのではないだろうか……。

解　説

山村正夫

戦前から戦後にかけて長く読者に親しまれた探偵小説は、昭和三十二、三年頃に起こった社会派推理小説の台頭を契機に衰微した。

グルーミイな絵空事の犯罪よりも、実際に身近で起り得るような現実性に富んだ犯罪が、重視されるようになったからだ。これにより、ミステリーが質的に向上し、その地位が一段と高められた点では多大な功績があり、一種の革命といってもよかったが、以来二十年に及ぶ歳月のあいだに、作家の安易な量産がマンネリ化を生む結果に陥《おちい》った。リアリティーを重んじるあまり、物語性の欠如した骨格の弱い風俗ミステリーが多くなってきたのである。

改めて断るまでもなく、ミステリーは文学作品でなく、あくまでエンターテインメントにほかならない。人間性の鋭い洞察や活写も結構だが、その前に何といってもまず、ストーリーの面白さが第一義に挙げられなければならないだろう。推理小説界はようやく、かつての探偵小説がそなえていたミステリーの原点を、見直す時期を迎えたのである。

そのようにして考えると、横溝正史先生により探偵小説が不死鳥のごとく華々しく復活した理由も、納得がいくのではないだろうか。ここ数年、横溝作品が空前のブームをもたらし、四千万部という超ベストセラーとなって、いまなお驚異の売れ行きを示しつづけている裏を探れば、一般の読者がミステリーに対していま何を求めているかを、窺《うかが》い知ることができるような気がしてならない。

その答はただ一つ。文句なしにストーリーの面白いミステリー。ただそれだけのように思うのである。

それでは、横溝作品の面白さの秘密は何であろう？

過去に多くの評論家や作家により、その分析はあらゆる角度からされ尽したかに見える。

全編にみなぎる妖美とロマンティシズムの香気。おどろおどろしい怪奇ムード。綿密に計算し抜かれた緻密《ちみつ》な構成と、ストーリー・テラーの面目を発揮した抜群の語り口のうまさ。心理の盲点をつく意外性に富んだトリックの妙。そして、名探偵金田一耕助の気どらない飄々《ひようひよう》たる風来坊の魅力。

それらは何度も指摘されていることで、私自身も認めるにやぶさかではない。

だが、そのほかに諸家がまだ指摘していない、横溝作品独特の特色がいま一つあることに気がついた。それは横溝先生が推理文壇きっての類稀《たぐいま》れな小道具使いの妙手であるということである。そういえば、『野性時代』の昭和五十三年六月号に載った森村誠一氏との〝ギルティ対談〟（私が司会をつとめた）の中に次のような談話がある。

横溝　（前略）僕はもともと小道具をいろいろ使うのが好きなのよ。「人間の証明」は麦藁《むぎわら》帽子がうまく小道具に使われてたでしょう。西條八十の詩とね。だから文句なしに感心したんだ。

森村　ああ、それも横溝先生と僕との共通点なんですよ。僕がやはり小道具が好きなんです。風俗で味つけした推理小説ならいくらでも大量生産できるけれども、あの手この手の小道具の面白さで読ませる推理小説はなかなか書けない。そういう困難な設定に挑むつもりで、僕は虫とか動物をよく使うんですよ。小道具好きという点でも、先生と共通点があったんだなあ。

いわば執筆の楽屋話で、両氏のあいだにそのような共通点があるのが興味深いが、これを見ても私の言うことが決して的はずれでないことがわかろうというものだろう。作品を例に挙げれば読者もさだめしうなずけるに違いない。

「本陣殺人事件」における三本指の男と琴爪、水車。「獄門島」における釣鐘。「八つ墓村」における尼子の残党の八つの墓、鍾乳洞の鎧《よろい》武者。「犬神家の一族」における斧《よき》、琴、菊。「悪魔が来りて笛を吹く」の黄金のフルート、砂占いの道具、風神、雷神。「女王蜂」における月琴。最近作の「病院坂の首縊《くびくく》りの家」における風鈴に見立てた人間の生首。——等々である。

そうした小道具が無気味なムードを醸《かも》し出す手段として、あるいは謎解きの重要な手がかりとして実に見事な効果を挙げているのだ。そして、前記の面白さの要素に加えてその小道具の妙が混然一体となり、戦後横溝先生は怪奇ロマンと謎解きを見事に融合させた名作を矢つぎ早に発表されて、日本に本格探偵小説の黄金時代をもたらす、栄光ある先駆者となられたのである。

ところでそのような横溝先生の小道具使いの妙は、大人物の小説よりもジュヴナイルに一段と顕著に発揮されていると言っていい。「大迷宮」は、『少年クラブ』に昭和二十六年から一年間にわたり連載された長編である。「怪獣男爵」(昭和二十三年偕成社刊)の続編として書かれたものだから、あれを読まれた読者には馴染《なじ》みが深いと思う。

怪獣男爵は死刑になった大悪人の古柳博士が、弟子の北島博士に手術を命じて、死後、自分の脳をロロという半人半獣の人間に移し替えて生き返った怪人なのだ。ゴリラのような躰《からだ》をしているが、それでいて頭は昔ながらの科学者のままなので、知恵といい体力といい、人なみはずれた恐ろしい怪物なのである。

法の裁きを受けて死刑になったことをさかうらみするこの怪人は、前作でも彼が逮捕されたときの功労者だった小山田博士の娘美代子をさらったばかりか、東京都内にペスト菌《きん》をばらまこうとしたり、花火を打ち上げて、触れたら最後、皮膚に赤い斑点ができてコロリと死ぬ猛毒の薬剤を、天から霧のようにまき散らそうとしたり、途方もない悪事の限りを尽す。だが小山田博士にその野望を打ち砕かれ、東京湾でモーターボートが爆発して木端微塵《こっぱみじん》になってしまう。

それでも、怪獣男爵はほろびはしなかった。著者は周到にロロとそっくりのポポという怪物を用意し、結末で木端微塵になったのはそちらかもしれないとぼかして暗に復活をほのめかしているが、案のじょう無事に生き永らえていて、ふたたび世間を騒がすのである。この不死身の怪人は、本書では大サーカス王鬼丸太郎がアメリカから持ち帰り、瀬戸内海の迷宮島に隠した、時価何億円という大金塊を狙うのだ。

その大宝庫の黄金の鍵は、三種の神器の名に因《ちな》んだ剣太郎、珠次郎、鏡三という三つ子の兄弟の腕の傷口に縫いこまれていた。三つの鍵がそろってはじめて宝庫の扉が開くのだから、怪獣男爵がそれを手に入れようと躍起になるのも当然だろう。彼は鬼丸太郎の弟で、腹黒い鬼丸次郎博士、小男の音丸三平、怪教師の津川先生らを手先に、恐ろしい悪事を企むのだ。

その悪人たちの暗躍に敢然として立ち向う主人公が、前作の「怪獣男爵」でも大活躍した勇敢な立花滋少年である。それを助け本書では小山田博士に代り、名探偵金田一耕助が颯爽《さっそう》として登場する。滋の従兄《いとこ》の謙三も強力な味方の一人だ。彼らは三つ子の兄弟の身に迫った危機を救うべく全力を尽して戦うのだが、本書の面白さはそれら正義の一団対悪の一味の、手に汗握る対決だけにあるのではない。

読者の興味をそそりサスペンスを一段と盛り上げるため、著者は物語の随所にあの手この手の趣向を凝らした小道具を配しているのである。

例えば鬼丸太郎が軽井沢と東京につくった、何から何まで相似の家。何とそれが軽井沢だけでも三軒もあり、おかげで主人公の滋少年は不可思議な経験をさせられてしまうのだ。それに加えて猛獣や鳥の剝製《はくせい》をずらりと並べた動物室、天井が徐々に下って寝ている人間を虫取りすみれのように封じ込める殺人寝台などが、冒頭から異様ムードをかきたて、読者を物語の渦中に引き込んで離さない。

ところで、動物室の場面にカピというシェパード犬の剝製のことが語られている。フランスの作家エクトル・マローの有名な少年小説「家なき児《こ》」に出てくる賢い犬の名前を取ったものだが、これについてちょっと余談のエピソードを紹介しておこう。カピは横溝先生の家の飼犬の名前でもあるのである。横溝家では雄犬はカピ、雌犬はドリスとつけることに決っているそうで、それを「大迷宮」の中で借用されたものらしい。犬の名前などつい見過しにされてしまいがちだが、そんなところにも作者の裏話がないではないのだ。

それはともかく、事件の展開につれて、さらにさまざまな小道具が次から次へと飛び出し飽きさせない。

悪人の津川先生の秘密武器ともいうべき、アルミの短剣を発射するステッキ銃。怪獣男爵のアジト（相似の家の一つ）にある、マリアさまの台座のかくしボタン。軽気球にヘリコプター。そしてクライマックスにおける迷宮島の地上と地下の大迷路。宝庫に通じる三つの殿堂に扉の鍵穴を秘めて置かれた、青銅、白銀、黄金の仏像。

その小道具を駆使した盛り沢山な見せ場の連続には、誰しも堪能せざるを得なかったことだろう。

横溝先生は前記の森村誠一氏との対談の中でも、

「僕は読者に対するサービス精神が旺盛なんだよ」

と述べておられるが、それは筋立てやトリックの面ばかりではない。

他の作家があまり重点を置かない、小道具の一つ一つに至るまで、物語を面白くするためには細心の注意を払っておられるのである。その点では横溝先生ほどエンターテインメントに徹した作家も、ちょっと見当らないのではないだろうか。我々はミステリーの原点に返る意味で、先生の作品に学ばなければならないところが多々あるように思われてならない。

本書は、昭和五十四年六月に小社より刊行した文庫を改版したものです。なお本文中には、気ちがい、どもり、気がくるった、その男を見てはっとしたというのは~小男だったなど、今日の人権擁護の見地に照らして使うべきではない語句や不適切と思われる表現があります。しかしながら、作品全体として差別を助長する意図はなく、執筆当時の時代背景や社会世相、また著者が故人であることを考慮の上、原文のままとしました。

（編集部）

大《だい》迷《めい》宮《きゅう》

横《よこ》溝《みぞ》正《せい》史《し》

昭和54年 6月20日 初版発行
令和4年 8月25日 改版初版発行

発行者●堀内大示

発行●株式会社KADOKAWA
〒102-8177 東京都千代田区富士見2-13-3
電話 0570-002-301(ナビダイヤル)

角川文庫 23290

印刷所●株式会社暁印刷
製本所●本間製本株式会社

表紙画●和田三造

ISBN 978-4-04-112911-1 C0193

◇◇◇

角川文庫発刊に際して

角川源義

第二次世界大戦の敗北は、軍事力の敗北であった以上に、私たちの若い文化力の敗退であった。私たちの文化が戦争に対して如何に無力であり、単なるあだ花に過ぎなかったかを、私たちは身を以て体験し痛感した。西洋近代文化の摂取にとって、明治以後八十年の歳月は決して短かすぎたとは言えない。にもかかわらず、近代文化の伝統を確立し、自由な批判と柔軟な良識に富む文化層として自らを形成することに私たちは失敗して来た。そしてこれは、各層への文化の普及滲透を任務とする出版人の責任でもあった。

一九四五年以来、私たちは再び振出しに戻り、第一歩から踏み出すことを余儀なくされた。これは大きな不幸ではあるが、反面、これまでの混沌・未熟・歪曲の中にあった我が国の文化に秩序と確たる基礎を齎らすためには絶好の機会でもある。角川書店は、このような祖国の文化的危機にあたり、微力をも顧みず再建の礎石たるべき抱負と決意とをもって出発したが、ここに創立以来の念願を果すべく角川文庫を発刊する。これまで刊行されたあらゆる全集叢書文庫類の長所と短所とを検討し、古今東西の不朽の典籍を、良心的編集のもとに、廉価に、そして書架にふさわしい美本として、多くのひとびとに提供しようとする。しかし私たちは徒らに百科全書的な知識のジレッタントを作ることを目的とせず、あくまで祖国の文化に秩序と再建への道を示し、この文庫を角川書店の栄ある事業として、今後永久に継続発展せしめ、学芸と教養との殿堂として大成せんことを期したい。多くの読書子の愛情ある忠言と支持とによって、この希望と抱負とを完遂せしめられんことを願う。

一九四九年五月三日

角川文庫ベストセラー

不死蝶 横溝正史

23年前、謎の言葉を残し、姿を消した一人の女。殺人事件の容疑者だった彼女は、今、因縁の地に戻ってきた。迷路のように入り組んだ鍾乳洞で続発する殺人事件の謎を追って、金田一耕助の名推理が冴える！

蝶々殺人事件 横溝正史

スキャンダルをまき散らし、プリマドンナとして君臨していたさくらが「蝶々夫人」大阪公演を前に突然、姿を消した。死体は薔薇と砂と共にコントラバス・ケースから発見され――。由利麟太郎シリーズの第一弾！

憑かれた女 横溝正史

自称探偵小説家に伴われ、エマ子は不気味な洋館の中へ入った。暖炉の中には、黒煙をあげてくすぶり続ける一本の腕が……！　名探偵由利先生と敏腕事件記者三津木俊助が、鮮やかな推理を展開する表題作他二篇。

血蝙蝠 横溝正史

肝試しに荒れ果てた屋敷に向かった女性は、かつて人殺しがあった部屋で生乾きの血で描いた蝙蝠の絵を発見する。その後も女性の周囲に現れる蝙蝠のサイン――。名探偵・由利麟太郎が謎を追う、傑作短編集。

花髑髏 横溝正史

名探偵由利先生のもとに突然舞いこんだ差出人不明の手紙、それは恐ろしい殺人事件の予告だった。指定の場所へ急行した彼は、箱の裂目から鮮血を滴らせた黒塗りの大きな長持を目の当たりにするが……。